贖罪
PENITÊNCIA

KANAE MINATO

PENITÊNCIA

UMA **CIDADE** PACATA
UM **ASSASSINO** SEM ROSTO
UMA **VINGANÇA** CRUEL

Tradução do inglês: Elisa Nazarian

Copyright © Kanae Minato 2012. Todos os direitos reservados
Copyright desta edição © 2019 Editora Gutenberg

Título original: *Shokuzai*

Originalmente publicado no Japão em 2012 pela Futabasha Publishers Ltd., Tóquio.
Direitos de tradução para o português negociados com a Futabasha através da Japan UNI Agency, Inc., Tóquio, e Patricia Natalia Seibel.

Todos os direitos reservados pela Editora Gutenberg. Nenhuma parte desta publicação poderá ser reproduzida, seja por meios mecânicos, eletrônicos, seja via cópia xerográfica, sem a autorização prévia da Editora.

EDITORA RESPONSÁVEL
Rejane Dias

PREPARAÇÃO
Sonia Junqueira

REVISÃO
Júlia Sousa
Samira Vilela

CAPA
Diogo Droschi
(sobre imagem de Nuchwara Tongrit/Shutterstok)

DIAGRAMAÇÃO
Waldênia Alvarenga

Dados Internacionais de Catalogação na Publicação (CIP)
(Câmara Brasileira do Livro, SP, Brasil)

Minato, Kanae
  Penitência / Kanae Minato ; tradução Elisa Nazarian. 1. ed. – Belo Horizonte : Editora Gutenberg, 2019.

  Título original: Shokuzai

  ISBN: 978-85-8235-607-4

  1. Ficção japonesa 2. Ficção policial e de mistério (Literatura japonesa) I. Título.

19-28845   CDD-895.63

Índices para catálogo sistemático:
1. Ficção : Literatura japonesa 895.63

Iolanda Rodrigues Biode - Bibliotecária - CRB-8/10014

A **GUTENBERG** É UMA EDITORA DO **GRUPO AUTÊNTICA**

São Paulo
Av. Paulista, 2.073 . Conjunto Nacional
Horsa I . 23º andar . Conj. 2310 - 2312
Cerqueira César . 01311-940 . São Paulo . SP
Tel.: (55 11) 3034 4468

Belo Horizonte
Rua Carlos Turner, 420
Silveira . 31140-520
Belo Horizonte . MG
Tel.: (55 31) 3465 4500

www.editoragutenberg.com.br

Nota do tradutor para o inglês:
Até 2010, a prescrição para o crime de assassinato no Japão acontecia quinze anos após a realização do crime.

Boneca francesa

Cara Asako,
Agradeço por ter comparecido ao meu casamento no outro dia.

Passei toda a cerimônia com receio de que, quando você visse a quantidade de parentes meus vinda daquela cidade do interior, se lembrasse dos fatos ocorridos naquela época, naquela cidadezinha, e ficasse nervosa. Eles nunca parecem perceber o quanto são grosseiros, às vezes.

A única coisa boa naquela cidade onde cresci é o ar, que brilha de tão puro. A primeira vez que percebi isso – que, além do ar limpo, a cidade não tinha quase nada que a favorecesse – foi sete anos atrás, depois de me formar no ensino médio e ir para uma faculdade feminina em Tóquio.

Vivi quatro anos no dormitório da faculdade. Quando contei a meus pais que queria estudar em Tóquio, os dois foram totalmente contra.

Argumentaram que algum canalha poderia me enganar, me forçar a cair na prostituição. "E aí? O que você vai fazer se ficar viciada em drogas? Ou se te matarem?"

Você foi criada na cidade grande, Asako, então tenho certeza de que vai rir quando ler isso, imaginando o que poderia tê-los levado a essas ideias.

"Vocês assistem demais o *24 City*", contra-argumentei, citando um dos programas de TV preferidos dos meus pais, mas a verdade é que, frequentemente, eu imaginava o mesmo tipo de cenário assustador. Ainda assim, queria desesperadamente ir para Tóquio.

"O que tem de tão especial em Tóquio?", meu pai questionou. "Existem outras faculdades no nosso distrito que oferecem a formação em que você está interessada. Se for demais ficar indo e vindo entre a escola e nossa casa, os apartamentos aqui são mais baratos. E se acontecer alguma coisa, você pode voltar para casa a hora que quiser. Todos nós poderemos ficar tranquilos."

"Ficar tranquilos? Está de brincadeira? Vocês sabem muito bem como fiquei paralisada nos últimos oito anos aqui!"

Assim que falei isso, eles pararam com suas objeções. Resolveram me deixar ir para Tóquio, mas com uma condição: que eu não morasse sozinha em um apartamento, e sim no dormitório. Por mim, tudo bem.

Eu nunca tinha estado em Tóquio, e descobri ali um mundo totalmente diferente. Quando desci do trem Shinkansen, a estação estava lotada – tinha gente até onde a vista alcançava. Provavelmente, havia mais gente só na estação do que em toda a cidade de onde eu vinha. Mas o que mais me surpreendeu foi como as pessoas conseguiam andar sem trombar umas nas outras. Mesmo enquanto eu circulava por ali, parando para checar as placas e pegar o metrô, consegui chegar ao meu destino sem me chocar com ninguém.

Também fiquei surpresa ao subir no metrô. Os passageiros mal falavam uns com os outros, mesmo quando entravam acompanhados. De vez em quando, eu escutava alguém rindo ou pessoas conversando, mas normalmente eram estrangeiros, não japoneses.

Até o fim do ensino fundamental eu ia para a escola a pé todos os dias; depois, comecei a ir de bicicleta; então só pegava trem umas duas vezes por ano, quando ia com amigos ou com a família até uma cidade vizinha, a uma loja de departamentos ou a um shopping. No trajeto de uma hora, a gente nunca parava de falar.

"O que eu deveria comprar? É aniversário deles no mês que vem, então eu deveria lhes dar alguma coisa. O que vamos comer no almoço? McDonald's ou KFC?..." O modo como agíamos, conversando o caminho todo, não era tão estranho, eu acho. No trem tinha uma porção de gente conversando e rindo, e ninguém reclamava, então sempre pensei que era assim que as pessoas se comportavam nos trens.

Percebi, subitamente, que os moradores de Tóquio não reparam em seu entorno, não têm interesse em quem está à sua volta. Desde que a pessoa sentada a seu lado não esteja incomodando, não dão a mínima. Não há um pingo de interesse no título do livro que alguém do outro lado do corredor esteja lendo. Ninguém repara nem mesmo se a pessoa em pé, bem em frente a eles, estiver carregando uma bolsa cara, de luxo.

Antes de me dar conta, eu estava chorando. *Devem achar que estou com saudades de casa*, pensei, *uma caipira arrastando uma mala enorme, sentada ali, choramingando*. Constrangida, enxuguei as lágrimas, olhando, nervosa, à minha volta, mas não havia uma alma viva olhando para mim.

Nesse momento, ocorreu-me que Tóquio era um lugar mais maravilhoso do que jamais imaginara.

Não vim a Tóquio pelo shopping sofisticado, ou por todos os lugares famosos onde se divertir. O que eu queria era me misturar no meio da multidão de pessoas que não sabiam do meu passado e sumir.

Mais precisamente, como havia testemunhado um assassinato e a pessoa que o cometera não tinha sido pega, o que eu queria mais do que tudo era desaparecer para sempre do seu radar.

Éramos quatro a dividir um quarto no dormitório, todas vindas de lugares rurais, longe de Tóquio, e no primeiro dia competimos entre nós, enaltecendo nossa cidade natal. Minha cidade tem os *noodles udon* mais deliciosos, disse uma delas orgulhosa; a minha tem termas; a minha tem um jogador famoso da primeira divisão de beisebol, que mora perto da casa dos meus pais, disse outra. Esse tipo de coisa.

As outras três meninas eram do interior, mas pelo menos eu já tinha ouvido falar das cidades de onde elas vinham. Quando eu disse o nome da minha, nenhuma delas nem mesmo sabia onde ficava.

"Que tipo de lugar é?", perguntaram, e eu respondi: "Um lugar onde o ar brilha de tão limpo". Sei que você, Asako, mais do que qualquer um, entenderia que eu não estava dizendo isso só por não ter mais nada do que me orgulhar.

Nasci naquela cidade rural, e respirei aquele ar todos os dias, sem jamais parar para pensar a respeito. Mas a primeira vez em que tomei consciência de que o ar era muito puro e fresco foi logo depois que entrei na quarta série, na primavera do ano do assassinato.

Um dia nossa professora de estudos sociais, Sra. Sawada, contou: "Vocês vivem no lugar que tem o ar mais limpo do Japão. Sabem por que posso dizer isso? Os instrumentos de precisão, usados em hospitais e pesquisas, precisam ser fabricados em um ambiente totalmente livre de poeira. É por isso que constroem fábricas que produzem esses instrumentos em lugares onde o ar é puro. E neste ano uma nova fábrica foi construída aqui, pela Companhia Industrial Adachi. O fato de o fabricante do instrumento mais preciso do Japão construir uma fábrica aqui significa que esta cidade foi escolhida por ter o ar mais limpo de todo o país. Vocês deveriam ficar muito orgulhosos de viver nesta cidade maravilhosa".

Depois da aula, perguntamos a Emily se o que a professora tinha dito era verdade.

"Papai disse a mesma coisa", ela respondeu.

Estava decidido. Com a confirmação de Emily, soubemos que nossa cidade, *de fato*, tinha um ar puro e limpo. Não acreditamos nisso porque seu pai, de expressão intensa e olhar brilhante, fosse alguém importante na Industrial Adachi. Acreditamos por ele ser de Tóquio.

Naquela época, a cidade não tinha um único mercadinho, mas nenhuma de nós, crianças, se importava. Aceitávamos as coisas do jeito que eram. Podíamos ver, na TV, comerciais sobre bonecas Barbie, mas nunca tínhamos realmente posto os olhos em uma, então não a desejávamos, particularmente. Para nós, eram muito mais preciosas as elegantes bonecas francesas que as pessoas da cidade expunham, com orgulho, em suas salas de visitas.

Ainda assim, com a vinda da nova fábrica, uma sensação estranha começou a surgir entre nós. Por Emily e outros alunos transferidos de Tóquio, começamos a perceber que o estilo de vida que sempre pensamos ser perfeitamente normal era, na verdade, impróprio e ultrapassado.

Tudo na vida desses novos moradores era diferente, a começar por onde viviam. Depois que a Industrial Adachi chegou, a empresa construiu um prédio de apartamentos para os funcionários, o primeiro prédio da cidade a ter mais de cinco andares. Foi projetado para harmonizar com o entorno, mas, para nós, ele se erguia como um castelo em algum país distante.

Um dia, Emily convidou algumas das meninas da classe que viviam no distrito oeste, onde ficava o prédio, para ir a seu apartamento, no alto, no sétimo andar. Na véspera eu estava tão empolgada que não consegui dormir.

Quatro de nós fomos convidadas: eu, Maki, Yuka e Akiko, todas amigas de muito tempo, criadas no mesmo bairro.

Ao entrarmos no apartamento de Emily, a sensação foi de estarmos pisando em terra estranha. A primeira surpresa foi a planta de conceito aberto. Na época, não tínhamos o conceito de um ambiente integrado – um tipo de grande cômodo que reúne sala de visitas, de jantar e cozinha –, e ficamos surpresas porque os lugares onde a pessoa assistia à TV, cozinhava e comia formavam uma só unidade, sem paredes para separá-los.

Serviram-nos chá inglês em xícaras de chá que nós, crianças, jamais teríamos permissão de tocar se estivéssemos em nossas casas, com um bule de chá combinando; e em pratos do mesmo conjunto havia tortas com uma variedade de frutas que eu nunca tinha visto. A única fruta que reconheci foi morango. Empanturrei-me, encantada, mas senti como se algo não estivesse muito certo.

Depois de comer, resolvemos brincar de boneca, e Emily trouxe de seu quarto uma Barbie e um estojo de roupas, de plástico, em formato de coração. A Barbie estava vestida exatamente como Emily, naquele dia.

"Tem uma loja, em Shibuya, que vende as mesmas roupas que a Barbie usa, e meus pais me compraram esta no meu aniversário do ano passado. Não é, mamãe?"

Tudo o que eu queria àquela altura era dar o fora dali.

Justo nesse momento, uma das outras meninas disse: "Emily, você poderia mostrar para a gente a boneca francesa da sua família?".

"O que é isso?" Emily nos dirigiu um olhar perdido.

Emily não tinha uma boneca francesa. E não fazia ideia do que estávamos falando. Eu estava me sentindo pequena, mas, ouvindo aquilo, me recuperei. Era muito natural que Emily não conhecesse bonecas francesas. Na capital, elas eram um símbolo de status obsoleto.

Todas as casas de madeira no velho estilo japonês da nossa cidade tinham uma coisa em comum. O cômodo mais próximo à porta de entrada, uma sala de visitas, era feito no estilo ocidental, e era garantido que teria um candelabro e uma boneca francesa dentro de uma vitrine de vidro. Há décadas as pessoas tinham bonecas francesas, mas repentinamente, cerca de um mês antes de Emily se mudar para a cidade, tornou-se um hábito as meninas locais irem de casa em casa para admirar as diferentes bonecas.

No começo, íamos apenas a casas de amigas, mas logo começamos a aparecer nas casas de outras pessoas do bairro. Era uma cidade rural, conhecíamos quase todo mundo de vista, e a sala ficava logo ao lado da entrada, então raramente alguém nos dispensava.

Não demorou muito para começarmos a compilar Memorandos de Bonecas, que era como os chamávamos, classificando as bonecas francesas que tínhamos visto. Naquela época, as crianças não podiam tirar fotos com a facilidade de hoje, então desenhávamos os retratos das bonecas em cadernos, com lápis coloridos.

Na maioria das vezes, a classificação era feita segundo a beleza dos vestidos, mas eu gostava de olhar o rosto das bonecas. Eu sentia como se as bonecas escolhidas pelas pessoas refletissem suas personalidades, e os rostos delas pareciam assemelhar-se aos rostos da mãe e das crianças da família.

Emily disse que queria ver algumas bonecas francesas, então a levamos num tour das dez melhores do nosso *ranking*. Emily tinha certeza de que as outras crianças do seu prédio também nunca tinham visto bonecas francesas, então convidou algumas a virem com ela, e todas nós saímos em grupo para várias casas da cidade, juntamente com crianças das quais não sabíamos nem mesmo o nome ou a série. Por algum motivo, alguns meninos também vieram.

A pessoa da primeira casa que visitamos disse: "Ah, vocês são do Tour da Boneca Francesa?". Gostamos tanto do termo que foi como denominamos nosso passeio naquele dia.

A boneca francesa da minha casa era o número dois do ranking. O decote e a barra do vestido rosa eram adornados com penas macias, bem brancas, com grandes rosas roxas enfeitando os ombros e a cintura. Mas o que eu realmente gostava era de como o rosto da boneca se parecia um pouco com o meu. Com um pincel mágico, eu tinha acrescentado uma pintinha debaixo do olho direito, igual à que eu tenho, o que deixou minha mãe nervosa. Eu também gostava do fato de que não ficava clara a idade da boneca, ou seja, se era uma criança ou uma adulta.

"Não é o máximo?", me vangloriei, mas as crianças da capital já tinham perdido o interesse, e eu me lembro de ter me sentido amargamente decepcionada.

Depois de visitarmos a última casa, Emily disse: "No fim das contas, acho que gosto mais das Barbies". Imagino que ela tenha dito isso na maior inocência, mas sua declaração foi só o que bastou para que aquelas bonecas francesas, até então as coisas mais esplendorosas das nossas vidas, parecessem, subitamente, inúteis. Depois daquele dia, deixamos de brincar com bonecas francesas, e meu Memorando de Bonecas sumiu no fundo de uma gaveta.

Mas, três meses depois, as palavras *boneca francesa* estavam na boca de todos por causa do chamado "roubo das bonecas francesas". Fico pensando o quanto você sabe sobre esse incidente, Asako.

No final de julho, na véspera do festival de verão, foram roubadas bonecas francesas de cinco casas locais, inclusive da minha. Não houve outros danos às casas, e não foi roubada nenhuma quantia de dinheiro. Faltavam apenas as bonecas francesas em suas vitrines de vidro. Um caso estranho por ali.

O festival acontecia no espaço do centro cívico, nos arredores da cidade, com as danças de Obon começando por volta das seis da tarde e um concurso de karaokê às nove; o evento se encerrava às onze da noite. A associação do bairro fornecia, de graça, melancias, sorvetes, *noodles omen* e cerveja, e havia barracas vendendo raspadinha de gelo e algodão-doce. Para a cidade, era um grande acontecimento.

As casas de onde as bonecas francesas foram roubadas, inclusive a minha, tinham duas coisas em comum. Em primeiro lugar, toda a família estava fora, no festival, e em segundo, nenhuma das casas tinha suas portas de entrada trancadas. Acho que, na época, a maioria delas era assim. Quando se pedia a alguém para entregar uma coisa em uma casa, bastava abrir a porta da frente, caso não houvesse ninguém, e colocar o pacote dentro. Era assim que se fazia.

Como havíamos feito nosso pequeno Tour da Boneca Francesa, a polícia logo classificou aquilo como uma pegadinha de crianças. Mas o criminoso e as bonecas nunca foram encontrados, e o caso acabou sendo arquivado como um evento inexplicável, estranho, na noite do festival.

Lembro-me de meu pai ficar bravo comigo: "Foi porque vocês fizeram aquele tour, foi por isso. Alguma criança, que não tinha uma boneca francesa em casa, ficou com inveja e as roubou".

Nossas férias de verão começaram com esse incidente, mas, mesmo assim, saíamos todos os dias, da manhã à noite, para brincar. Gostávamos, especialmente, da piscina em nossa escola fundamental. Passávamos a manhã na casa de uma de nós, fazendo a lição de casa de verão, depois íamos à piscina à tarde, e mesmo depois do fechamento da piscina, às quatro, ficávamos por ali nas dependências da escola, brincando até escurecer.

Hoje em dia, até as escolas fundamentais rurais tomaram várias medidas de prevenção ao crime, não permitindo que ninguém, nem mesmo crianças, frequentem o espaço quando não há aula. Naquela época, porém, podíamos brincar até escurecer, e ninguém dizia nada.

Às vezes, quando voltávamos para casa antes de "Greensleeves" começar a tocar pelo sistema de alto-falante, anunciando as seis da tarde, nossos pais chegavam a perguntar o que havia de errado, se tínhamos brigado com nossos amigos.

Logo depois do crime, naquele dia, e muitas vezes depois disso, contei tudo o que consegui lembrar à polícia, aos professores da escola, aos meus pais, aos pais das outras crianças, e a você, Asako, além do seu marido. Mas agora eu gostaria de anotar os acontecimentos mais uma vez, na ordem em que ocorreram. Esta, provavelmente, será a última vez...

Naquele dia, véspera de 14 de agosto, um monte de crianças com quem costumávamos brincar tinha ido para a casa de parentes para o feriado de Obon, ou tinha parentes visitando suas casas; então, éramos apenas cinco brincando nas dependências da escola: eu, Maki, Yuka e Akiko, e Emily.

Nós quatro, daquela cidade, ou vivíamos com nossos avós, ou nossos avós e parentes também viviam na cidade, então o Obon não era um dia particularmente especial para nós, e saímos para brincar, como sempre.

A maioria das pessoas da fábrica Adachi, que tinha se mudado de Tóquio para lá, estava fora da cidade por causa do feriado. Mas Emily ainda estava ali porque seu pai trabalhava no feriado, ao menos foi o que ela nos contou naquele dia. Mais tarde, no final de agosto, eles iriam sair de férias em família, para Guam.

O Tour da Boneca Francesa tinha trazido certo estranhamento à nossa relação com Emily, mas isso logo passou, e voltamos a ser amigas. Um dos motivos deve ter sido o entusiasmo dela em jogar Exploradoras, muito popular na época.

A piscina estava fechada no feriado de Obon, então jogamos vôlei em um canto do terreno da escola, na sombra ao lado do ginásio. Só formamos um círculo e passamos a bola de lá para cá, mas estávamos realmente concentradas, focadas em passar a bola cem vezes, sem deixar cair.

Foi então que o homem apareceu.

"Ei, meninas, vocês têm um segundo?", ouvimos uma voz perguntar.

Uma camisa e uma calça de uniforme em tom verde-amarelado, uma toalha branca enrolada na cabeça.

A voz repentina desconcentrou Yuka, que naquele dia estava fora de forma, e ela perdeu um passe. O homem apanhou a bola, que tinha rolado em sua direção, e veio até nós. Com um sorriso aberto, ele disse bem claramente:

"Vim checar os ventiladores dos vestiários da piscina, mas me esqueci completamente de trazer uma escada. Só precisamos apertar alguns parafusos, então, uma de vocês poderia subir de cavalinho nos meus ombros para ajudar?"

Hoje em dia, os alunos de uma escola fundamental ficariam alertas numa situação dessas. As escolas não são vistas, necessariamente, como lugares seguros. Se tivéssemos levado isso em conta, me pergunto, teríamos evitado o que aconteceu? Será que deveriam ter nos ensinado a gritar e a fugir quando um estranho falasse com a gente?

Em nossa cidadezinha rural, no entanto, o máximo a que nos haviam alertado era para não entrar no carro de um estranho se ele dissesse que nos daria chiclete ou bala, ou que nossos pais estavam doentes e ele nos levaria até eles.

Então, não ficamos nem um pouco desconfiadas em relação àquele homem à nossa frente. Não sei quanto a Emily, mas acho que foi como as outras se sentiram. Na verdade, quando ouvimos a palavra *ajudar*, competimos para ser a escolhida.

"Sou a menor, então sou a mais fácil de ser levantada", uma de nós disse.

"Mas e se você não conseguir alcançar o ventilador? Não deveria ser eu, já que sou a mais alta?"

"Mas alguma de vocês sabe apertar parafuso? Sou boa nisso."

"E se os parafusos estiverem duros de virar? Sou bem forte, então acho que deveria ser eu."

Dissemos esse tipo de coisa, acho. Emily não disse nada. Como se estivesse nos avaliando, o homem olhou uma por uma.

"Não pode ser pequena demais, nem grande demais...", disse. "E se seus óculos caírem, não é bom. E você pode ser um pouco pesada demais..."

Por fim, olhou para Emily.

"Você é perfeita", disse.

Emily olhou para nós com uma expressão levemente preocupada. Maki, talvez decepcionada por ter sido vencida por Emily, sugeriu que todas nós ajudássemos. Boa ideia, concordamos as três.

"Obrigado", disse o homem, "mas o vestiário é meio pequeno, se todas vierem vai ser difícil trabalhar, e não quero que ninguém se machuque. Então, vocês poderiam ficar aqui? Não vai demorar. Depois eu compro sorvete para todas".

Como poderíamos ser contra isso?

"Então está bem", o homem disse, tomando Emily pela mão e cruzando com ela o terreno da escola. A piscina ficava além da área espaçosa, e voltamos a jogar vôlei antes de os dois desaparecerem.

Jogamos por um tempo, depois nos sentamos à sombra fresca dos degraus da entrada do ginásio, e conversamos. Eles não vão me levar a nenhum lugar nas férias de verão. Gostaria que a casa do meu avô fosse um pouquinho mais longe. Emily vai para Guam na semana que vem. Guam faz parte da América? Ou é um país chamado Guam? Sei lá... A Emily tem muita sorte. Hoje ela também está com um vestido da Barbie. Ela também tem um rosto muito bonito. A gente chama esse tipo de olhos de amendoados, certo? Ela parece tão descolada! E o pai e a mãe dela parecem alienígenas de olhos arregalados. A minissaia dela é uma graça. A Emily tem as pernas bem compridas. Ah, você sabia? A Emily já começou *aquilo*. O que você quer dizer com *aquilo*? Sae, jura que você não sabe?

Aquela foi a primeira vez que ouvi a palavra *menstruar*. As meninas da escola eram reunidas para ouvir a respeito no ano seguinte, na quinta série, e minha mãe ainda não tinha conversado comigo sobre o assunto. Eu não tinha uma irmã mais velha nem uma menina mais velha entre meus parentes, então não fazia ideia do que elas estavam falando.

As outras três ou tinham irmãs mais velhas ou suas mães haviam contado a respeito, e começaram a me explicar, como que exibindo um conhecimento espantoso.

A menstruação prova que o seu corpo pode ter bebês, elas disseram. O sangue pinga por entre as suas pernas. Hã? Vocês estão dizendo que a Emily pode ter um bebê? É isso mesmo. Sua irmã mais velha também, Yuka? Também. Provavelmente a minha vai começar logo, então a mamãe me comprou umas calcinhas para isso. O quê? Você também, Maki? As meninas grandes começam na quinta série, elas disseram, mas você, Sae, não vai começar antes da sétima série. Quando chega ao ensino médio, dizem que todas têm. Você deve estar brincando. Nenhuma menina do ensino fundamental tem bebê. Isso é porque elas não fazem eles. Fazer eles? Sae, você está dizendo que não sabe de onde vêm os bebês? Ah, é... quando elas casam. Sinceramente! As meninas fazem sacanagens com os meninos, é assim.

Espero que essa estupidez que estou escrevendo não faça com que você rasgue esta carta.

Presas nessa conversa, notamos, de repente, que estava tocando "Greensleeves", o sinal de que eram seis da tarde.

"Hoje, meu primo mais velho vem de visita com uma amiga, então me disseram para voltar para casa às seis", Akiko disse. Como era Obon, decidimos que era melhor nós todas chegarmos cedo em casa, e fomos buscar Emily. Ao atravessarmos o terreno, virei-me e vi que as sombras tinham se alongado consideravelmente desde que havíamos parado de jogar vôlei. Subitamente, percebi quanto tempo havia se passado desde que Emily se fora, e fiquei preocupada.

A piscina era cercada com alambrado, mas o portão estava destrancado, preso apenas com um arame. Acho que até aquele ano havia sido sempre assim, no verão.

Do portão, você subia uma escada e lá estava a piscina, com duas construções pré-fabricadas, os vestiários, atrás. O da direita era dos meninos, o da esquerda, das meninas. Ao caminharmos ao lado da piscina, pensei no quanto ela estava silenciosa.

Os vestiários tinham portas de correr, e, é claro, também estavam destrancadas. Maki, à frente, foi quem abriu a sala das meninas.

"Emily... Você acabou?", ela chamou, ao deslizar a porta. "Hein?", disse, inclinando a cabeça. Não havia ninguém lá dentro.

"Estou pensando se eles acabaram e ela foi para casa", Akiko disse.

"E o sorvete? Vai ver que ele só comprou um para Emily", Yuka disse, irritada.

"Isso não é justo", Maki acrescentou.

"E este daqui?", apontei para o vestiário dos meninos, mas não havia som vindo de dentro.

"Ela não está lá. Não há vozes, percebe?"

Foi Akiko, ainda de frente para nós, que deslizou, com relutância, a porta do vestiário dos meninos. As outras três prenderam o fôlego. "*O que...?*", Akiko exclamou, virando-se e soltando um grito.

Emily, com a cabeça virada para a entrada, estava deitada sobre o estrado de madeira, no meio do chão.

"Emily?", Maki arriscou, temerosa. Então, todas nós chamamos seu nome. Mas Emily ficou ali deitada, com os olhos arregalados.

"Ai meu Deus!", Maki berrou. Se naquele momento ela tivesse dito "Ela está morta!", poderíamos ter ficado tão apavoradas que teríamos disparado para casa.

"Temos que avisar as pessoas", Maki disse. "Akiko, você é a que corre mais rápido, então corra até a casa da Emily. Yuka, você vai até a delegacia. Vou procurar uma professora. Sae, você fica aqui, de guarda."

Assim que Maki nos disse o que fazer, as outras saíram correndo. Aquela foi a última vez em que nós quatro agimos em conjunto. Não acho que o que eu disse difira muito do depoimento dado pelas outras três.

Nós quatro fomos interrogadas juntas, muitas vezes, sobre o que precedeu o assassinato, mas não nos perguntaram em detalhes sobre depois que encontramos o corpo. E não conversamos muito, entre nós, sobre o assassinato, então não sei grande coisa sobre o que as outras fizeram depois disso.

O que vou contar a você, agora, é só o que eu fiz.

Sozinha no vestiário, depois que as outras meninas saíram, olhei mais uma vez para Emily. Ela estava com uma camiseta preta com um logo cor-de-rosa da Barbie no peito, mas a camiseta estava tão enrolada para cima que mal se percebia isso. Dava para ver sua barriga branca e a leve protuberância dos seios. Sua saia de pregas de xadrez vermelho também estava enrolada para cima, e a metade de baixo de seu corpo estava exposta, sem calcinha.

Pediram-me para tomar conta dela, mas senti que se algum adulto viesse, gritaria comigo por deixar seu corpo exposto daquele jeito. "A pobrezinha!", ralhariam. "Por que não a cobriu?" Eu não tinha feito aquilo com a Emily, mas era como se eles fossem me culpar. Entrei no vestiário.

A primeira coisa que fiz foi usar meu lenço para cobrir seus olhos e boca abertos. Da boca pingava um líquido. Evitando olhar para ela, segurei a camiseta com os dedos e puxei-a para baixo. Havia uma coisa grudenta e branca por toda a sua barriga, embora na época eu não fizesse ideia do que fosse. Também arrumei sua saia. Quando me abaixei, vi sua calcinha, toda amassada e jogada de lado, na fileira mais baixa dos armários.

O que eu devo fazer com a calcinha dela?, pensei. Tinha conseguido arrumar sua camiseta e a saia sem tocar no corpo, mas isso não aconteceria com a calcinha. Olhei para as pernas longas e brancas de Emily, abertas, e vi sangue escorrendo pelas coxas, vindo do meio das pernas.

Foi aí que fiquei assustada e corri para fora do vestiário.

Acho que, mesmo percebendo que ela estava morta, consegui arrumar suas roupas porque ela tinha sido estrangulada e não havia nada de sangue. Mas, assim que saí do vestiário, a piscina à minha frente me deu medo e fiquei paralisada. Num curto espaço de tempo, o sol tinha descido muito, e começava a ventar. Olhei para as ondinhas na superfície da piscina e senti como se fosse ser arrastada para dentro. Dizem que durante o Obon, festival para os espíritos que partiram, se você for nadar, os mortos agarram sua perna. Todo ano eu escutava o aviso, e agora ele martelava na minha cabeça, então me veio a súbita ilusão de que Emily ia se levantar e me empurrar na piscina para me levar com ela para a terra dos mortos. Fechei os olhos e me agachei, com a cabeça nas mãos para tampar os ouvidos, e fiquei gritando tão alto que pareceu que minha garganta fosse estourar.

Por que eu não conseguia perder a consciência? Se eu pudesse desmaiar, a situação em que me encontrava naquele momento poderia ter sido bem diferente.

Não sei por quanto tempo fiquei assim, mas a primeira a aparecer foi você, Asako. Tenho certeza de que se lembra do que aconteceu depois disso, então só vou escrever sobre o que aconteceu comigo.

Yuka voltou com o policial local. Logo depois, veio minha mãe, preocupada por eu não ter voltado para casa e ciente de que algo tinha acontecido. Ela me colocou nas costas e me carregou direto para casa. Chorei, pela primeira vez, depois que cheguei em casa. Acho que chorei ainda mais alto, então, do que quando estava gritando perto da piscina.

No início, minha mãe não me pressionou sobre o que tinha acontecido. Quando me deitei em algumas almofadas *zabutons*, ela me deu chá frio de cevada, esfregou minhas costas com delicadeza e sussurrou: "Estou feliz que não tenha sido você, Sae".

Enquanto sua voz entrava nas profundezas da minha mente, fechei os olhos e adormeci.

O que escrevo aqui não é muito diferente do depoimento que dei logo depois do assassinato. Acho que nós quatro demos um depoimento muito claro, considerando o tipo de incidente que havíamos presenciado.

Mas até agora lamento pela única coisa que não pudemos dizer com certeza, a única coisa da qual nenhuma de nós quatro conseguiu se lembrar.

Posso ver com muita clareza, na minha mente, tudo o que aconteceu naquele dia, como se fossem imagens em uma tela de TV, mas, por algum motivo, a única coisa da qual não consigo me lembrar é do rosto do homem.

"O homem tinha uma toalha branca enrolada na cabeça."

"Usava um uniforme cinza."

"Não era de uma cor clara, esverdeada?"

"Quantos anos ele tinha? Parecia ter 40, ou talvez 50."

Embora tivéssemos uma impressão geral do homem, nunca conseguimos nos lembrar de seu rosto. Era alto ou baixo? Pesado ou magro? Tinha o rosto redondo ou mais estreito? Seus olhos eram grandes ou pequenos? E o nariz, a boca, as sobrancelhas? Tinha alguma pinta ou cicatriz? Mesmo quando sua aparência era reduzida a detalhes como esses, só conseguíamos sacudir a cabeça.

Mas uma coisa era certa: nunca o tínhamos visto.

Por um tempo, o assassinato foi o único assunto em nossa cidadezinha rural. Uma vez, um parente veio me perguntar mais sobre o assassinato, só por curiosidade, e minha mãe o mandou embora. As pessoas começaram a falar sobre o roubo das bonecas francesas e a ligar os dois incidentes. Talvez, diziam, haja algum pervertido em nossa cidade, ou por perto, que goste de garotinhas. Quem quer que tenha roubado as bonecas, talvez não tenha ficado satisfeito com elas, e assassinou uma menininha linda como uma boneca. As pessoas sussurravam esses rumores como se fossem totalmente plausíveis.

A polícia voltou a interrogar as pessoas dos lugares onde as bonecas haviam sido roubadas, então quase todos começaram a ver os dois incidentes como obra de um único criminoso, um pervertido que gostava de garotinhas.

Mas eu não estava convencida. Porque era eu quem tinha a aparência que seria mais bem descrita como a de uma *jovem menina inocente*.

Desde o assassinato, se perco a concentração, começo a visualizar o cadáver de Emily. A imagem é em preto e branco, só o sangue pingando pelas coxas é de um vermelho vivo. Na minha mente, meu rosto fica sobreposto ao dela, e minha cabeça começa a doer. Enquanto seguro a cabeça latejante, um pensamento corre pela minha mente:

Graças a Deus, não fui eu.

Tenho certeza de que você acha isso uma coisa horrorosa para se pensar. Não faço ideia do que as outras três meninas pensaram. Algumas delas poderiam ter ficado muito tristes por Emily, e outras poderiam ter se afundado em culpa, imaginando por que não puderam salvá-la. Mas eu só consegui me preocupar comigo.

O que veio depois de *Graças a Deus, não fui eu* foi *Por que a Emily?* E tive uma resposta clara para isso. Foi porque, de nós cinco, ela era a única que tinha chegado à idade adulta. Foi por ser adulta que aquele homem fez coisas horrorosas com ela e a matou.

Aquele homem – o assassino – procurava uma menina que tivesse acabado de ficar adulta.

Passou-se um mês, seis meses, depois um ano, e o criminoso ainda não tinha sido encontrado. Acho que você voltou para Tóquio três anos após o assassinato, Asako. Eu me pergunto se você sabe que estou escrevendo esta carta por causa da promessa que fizemos então.

O tempo passou, e conforme as pessoas na cidade foram falando menos do assassinato, o medo aumentou dentro de mim. Mesmo que eu não me lembrasse do rosto do assassino, ele poderia se lembrar do meu. Poderia pensar que conhecíamos seu rosto e vir me matar e matar as outras meninas. Até então, os adultos à nossa volta tinham ficado de olho em nós, mas foram relaxando aos poucos. Talvez o assassino estivesse esperando que voltássemos a fazer coisas sozinhas, sem qualquer adulto por perto...

Eu tinha a constante sensação de que ele me observava. Pelas frestas de uma janela, das sombras de um prédio, de dentro de um carro.

Fiquei apavorada, totalmente petrificada. Não queria ser morta. E para não ser, havia uma coisa que precisava evitar a todo custo.

Nunca poderia crescer.

Ainda assim, com a passagem do tempo, mesmo que ocasionalmente eu sentisse que alguém me observava, o assassinato também foi se atenuando na minha mente. No ensino fundamental e no médio, eu estava no grupo de instrumentos de sopro, e os estudos práticos intensos me mantiveram tão ocupada, treinando todos os dias, que eu tinha pouco tempo para refletir sobre o passado.

Isso não significa que, mental e fisicamente, eu estivesse para sempre livre do assassinato. Percebi isso, *tive* que perceber isso, aos 17 anos, no começo do ensino médio.

Eu estava com 17 anos e ainda não tinha tido minha primeira menstruação. Eu podia ser fisicamente pequena, mas isso não explicava o motivo de não ter começado a menstruar. Talvez eu ainda estivesse dentro da variação aceitável de idade para um primeiro período menstrual, mas minha mãe sugeriu que eu me consultasse com um médico. Assim, fui ao setor ginecológico no hospital do distrito, na cidade vizinha.

É preciso muita coragem para uma menina do ensino médio ir a uma clínica obstétrico-ginecológica, mas percebi que, até então, não tinha dado a mínima para menstruação, e embora tivesse uma ideia do porquê disso, imaginei que não poderia ser a razão de ainda não ter tido um período. Seria terrível ter algum tipo real de problema ginecológico, pensei, então juntei coragem e fui.

Havia uma clínica particular de obstetrícia e ginecologia na nossa cidade, mas a última coisa que eu queria era que pessoas do lugar me vissem entrando ali. Eu mal conversava com qualquer menino, muito menos saía com algum, mas não poderia suportar a ideia de fofocas horríveis circulando. Então, fui para outra cidade para ser examinada.

Os exames não revelaram nada de extraordinário, e o médico disse que poderia ser psicológico. "Você está passando por algum tipo de estresse na escola ou em casa?" perguntou.

Quando eu soube que os períodos menstruais podiam começar e parar por motivos psicológicos, fez sentido. *Se eu me tornar adulta, vão me matar*, eu pensava. *Se meu período começar, vou ser assassinada.* O tempo todo eu vinha sugerindo isso ao meu corpo; no início, conscientemente, depois, aos poucos, de modo inconsciente. Mesmo que eu não pensasse, com muita frequência e conscientemente, no assassinato, nos recantos mais profundos da minha mente ele havia continuado a agir.

O hospital recomendou terapia e injeções regulares de hormônio, e eu disse que conversaria a respeito com meus pais. Foi a última vez que fui ao hospital. Na volta, contei à minha mãe que eles não tinham encontrado nada de errado, e que eu só estava um pouco atrasada.

Agora, eu rezava ainda mais para que meu período não começasse antes da prescrição do assassinato.

Mesmo que eu deixasse a cidade, me perdesse nas multidões de Tóquio e vivesse entre pessoas que não soubessem nada do crime, quem garante que eu não daria de cara com o assassino novamente? Mas meu corpo, que ainda não pertencia a um adulto, me manteria a salvo do mal. Era essa a sensação de segurança que eu buscava.

Não tinha grandes desejos de que o assassino fosse preso e o assassinato voltasse à tona, mas sim que a prescrição chegasse rapidamente e eu, por fim, me visse livre do passado.

Isso não tem nada a ver com a promessa que te fiz, Asako.

Mesmo assim, nunca pensei que te veria novamente.

Depois de me formar em língua inglesa, em uma faculdade feminina, fui contratada por uma empresa de porte médio que lidava, principalmente, com corantes. Mesmo que você se forme em ciências ou humanas, todos os empregados novos são designados, nos primeiros dois anos, ao laboratório. Eles fazem isso para ensinar à gente com que tipo de produtos a empresa lida.

Essa era a primeira vez, desde as aulas de química do ensino médio, que eu tocava em tubos de ensaio e béqueres, e a primeira vez na vida que via um desses dispositivos de análise que custam dez milhões de ienes. Cromatografia gasosa, cromatografia líquida – eles explicaram o que aqueles componentes quadrados, cúbicos, faziam, mas isso era demais para minha cabeça. No entanto, o logo da empresa na lateral das máquinas captou meu olhar: *Industrial Adachi*.

Percebi que os equipamentos eram produzidos na fábrica da minha cidade, com seu ar limpo e puro, e me senti subitamente próxima a eles. Ao mesmo tempo, fui invadida por uma sensação de repugnância, como se aquela cidade estivesse me espreitando. Essa mescla complexa de emoções permaneceu comigo, começando pouco depois de eu ter sido contratada.

Foi na primavera, no início do meu terceiro ano na empresa, que o chefe do laboratório me abordou sobre um possível candidato a casamento. Isso foi logo depois de eu ter terminado meu estágio de dois anos no laboratório e ser oficialmente designada para o departamento de contabilidade.

"Ele é filho de um primo do diretor-executivo de um dos nossos principais clientes. Viu você em algum lugar e pediu para ser apresentado formalmente."

Se o chefe do laboratório tivesse conversado comigo em particular, provavelmente eu teria recusado, ainda que quem propusesse fosse um dos executivos da empresa. Afinal de contas, eu não pensava em me casar. Mas ele me perguntou em voz alta, diante de meus colegas, exatamente quando todos nós, que tínhamos ingressado na empresa ao mesmo tempo, juntávamos nossos pertences no laboratório, preparando-nos para passar aos vários departamentos a que havíamos sido designados. Ele me estendeu a fotografia do homem e seu histórico pessoal bem ali, e meus colegas juntaram-se em volta, mortos de curiosidade.

Abri a pasta com a foto do homem, e algumas das mulheres expressaram sua aprovação: "Parece bom!". Quando olhei o currículo do homem, os homens no laboratório também expressaram a deles: "Impressionante!". Vendo a reação deles, o chefe do laboratório disse: "O que você acha? Bem interessante, não é?", incitando-os. "É um bom partido", disseram alguns dos meus colegas. "Esta é a sua grande chance!" Eu tinha perdido por completo a oportunidade de rejeitá-lo discretamente, e acabei respondendo que ficaria feliz em conhecer o homem.

Mas por que um homem da elite como aquele, formado em uma universidade importante, trabalhando em uma companhia importante, de aparência elegante, pediria para conhecer alguém como eu, uma funcionária qualquer de escritório, numa empresa de terceiro escalão, e pensaria que eu pudesse ser uma esposa adequada? O que eu estaria fazendo quando ele me viu e ficou interessado? Pensamentos desse tipo passaram pela minha cabeça repetidas vezes antes do dia do nosso primeiro encontro, e cheguei a uma conclusão: ele devia estar me confundindo com outra pessoa.

Evitamos o costumeiro e rígido encontro *amiai*, com a presença de intermediários, e, em vez disso, combinamos um jantar a dois. Mas, na verdade, isso me deixou deprimida. Agora eu me sustentava, e finalmente conseguia conversar com homens como qualquer pessoa, mas nunca tinha jantando sozinha com um homem que acabara de conhecer.

Usei um vestido rosa primaveril, recomendado por uma das mulheres intrometidas, contratada na mesma época que eu. Cheguei ao saguão do hotel onde deveríamos nos encontrar e logo depois surgiu um homem, o mesmo da fotografia. Era Takahiro.

De um jeito animado e educado, ele se desculpou por pedir ao meu chefe que acertasse as coisas e me agradeceu por ter ido no meu dia de folga. Fiquei um pouco atrapalhada, sem conseguir achar uma resposta aceitável. Fomos ao restaurante italiano no último andar e, depois de nos acomodarmos, passei-lhe uma cópia do meu próprio currículo, bastante inexpressivo.

Mas ele o colocou num canto da mesa, sem nem olhar.

"Você cresceu na cidade de _____, não foi?", perguntou.

Engoli em seco quando ele mencionou o nome da cidadezinha, aquela com o ar limpo e puro. Ele continuou, com um sorriso no rosto:

"Eu também morei lá por três anos, da sexta à oitava série do ensino fundamental. Estávamos com dois anos de diferença na escola, então não acho que você se lembre de mim".

Lembrar? Como poderia, se nem mesmo o conhecia? Se ele estava na sexta série, isso significava que eu estava na quarta. Foi nesse ano que a fábrica foi construída, e a escola ficou, subitamente, lotada de alunos transferidos.

"Sinto muito que você não se lembre", ele disse. "Mas uma vez a gente se divertiu juntos. O Tour da Boneca Francesa. Você era a responsável e levou a gente para ver todas as bonecas."

Ah... Então ele estava naquele grupo. Mesmo assim, não conseguia me lembrar que criança ele era. Mas ele mudou de assunto antes que eu pudesse reviver a sensação de fracasso que tinha tido então, e antes que eu pudesse pensar muito no roubo das bonecas francesas. Ele morou na cidade por três anos, então, naturalmente, soube do roubo, talvez até soubesse que eu estava envolvida. Talvez estivesse evitando o assunto em consideração a mim.

Takahiro trabalhava com vendas, em uma divisão que lidava com relógios, então tinha muitas oportunidades de visitar a Suíça, e como um dia estava recordando minha cidade, de como ela lhe lembrava um pouco a Suíça, calhou de me ver de novo e querer se encontrar comigo.

"Onde foi isso?", perguntei, e ele disse que foi no que imaginava ser a festa de final de ano da minha empresa. Mencionei o nome de um restaurante chinês. "É!", ele disse. "Foi nesse lugar. Eu estava lá com um amigo, perto de você, e pensei: *Será que coincidências como essa acontecem mesmo?*" Ele disse que ficou até um pouco confuso, imaginando se teria sido o destino que havia nos juntado novamente. Agora, no entanto, percebo que só estava dizendo o que quer que passasse pela sua cabeça.

Depois disso, Takahiro e eu nos encontrávamos uma ou duas vezes por semana. Jantávamos, íamos ao cinema ou a um museu de arte, cenários típicos de namoro, mas o estranho é que, quando eu estava com ele, sentia-me livre do medo de que alguém estivesse me observando. Tanto que a cada vez que nos despedíamos, eu queria ficar com ele mais um tempinho.

Mas ele nunca me convidou para ir a um hotel, nem disse que queria subir ao meu apartamento, onde eu morava sozinha. E, é claro, quando me levava de volta para o meu prédio, de táxi, nunca o convidei para um café nem nada. Se tivesse feito isso, e se ele tivesse aceitado, o que teria acontecido? De quem era a voz na minha cabeça, imaginando isso?

Foi no nosso sétimo encontro que ele, repentinamente, me pediu em casamento.

Aquela foi a primeira vez em que ficamos de mãos dadas. Nada de particularmente romântico nisso. Tínhamos ido à estreia de um musical famoso, e ele pegou minha mão para não nos separarmos no saguão lotado, mas foi o bastante para fazer meu coração disparar. Mais tarde, depois de nos sentarmos no teatro escuro, fui tomada pela tristeza e até derramei algumas lágrimas.

"Fui transferido a longo prazo para a Suíça, e esperava que você pudesse vir comigo."

Takahiro pediu minha mão durante o jantar, depois de nos terem servido uma elegante sobremesa *kaiseki*-francesa, acompanhada de vinho. O restaurante era muito exclusivo, cada mesa com seu compartimento individual, o lugar perfeito para um pedido de casamento. Parecia um sonho, e pensei em como ficaria feliz em aceitá-lo de bom grado, sem qualquer hesitação.

Mas não consegui. E havia um motivo para isso.

"Sinto muitíssimo", eu disse, fazendo-lhe uma reverência, "mas não posso aceitar".

"Por que não?", ele perguntou. O pedido não era totalmente inesperado, mas tinha me aturdido. Desejei poder recusá-lo com algum motivo óbvio, banal, dizer que ele deveria encontrar alguém mais adequado em vez de optar por uma ninguém, como eu. Mas estaria mentindo. Então fui em frente e revelei o verdadeiro motivo.

Nunca imaginei que revelaria a verdade odiosa a meu respeito, em resposta a um pedido de casamento.

"*Sou incompleta como mulher.*"

Ele ficou espantando. Tenho certeza que nunca esperou ouvir isso. Antes de ser dominada pela vergonha, revelei tudo:

"Mesmo agora, aos 25 anos, nunca tive um período menstrual, nem mesmo uma vez. Porque, bem lá no fundo, rejeito a ideia de meu corpo passar a ser o de uma mulher. Um corpo como o meu não pode ter relações sexuais normais, nem ter um filho. Um homem como você, com um futuro brilhante à frente, não deveria se casar com um artigo defeituoso como eu".

Pela primeira vez, amaldiçoei a maneira como minha mente havia enganado meu corpo para me proteger. *Se é assim que as coisas vão acabar*, pensei, arrependida, *deveria ter feito o que fosse preciso, injeções ou terapia, quando estava no começo do ensino médio.*

Achei que chorar seria um ato covarde, então reprimi as lágrimas. Dei uma mordida na sobremesa, que era como uma peça requintada de porcelana, mousse branca com uma variedade de frutas silvestres coloridas por cima. Morangos, framboesas, groselhas, mirtilos... Desde que aprendi todos esses nomes diferentes, aquela cidade rural me prendera em suas garras.

"Isso não importa", disse Takahiro. "Se você só vier comigo, já está bom. Se estiver lá quando eu chegar em casa, cansado do trabalho, é tudo o que eu preciso. Eu te contarei o que aconteceu no dia, te abraçarei e irei dormir. Não posso imaginar felicidade maior do que essa. Você não quer vir comigo, começar uma nova vida em um lugar como aquele em que costumávamos viver juntos?

"Deixar o Japão não seria uma má ideia para você", acrescentou. "Provavelmente, você ficou assim por causa do assassinato, e vai ver está preocupada por ficar em uma cidade que te lembre a sua, que te lembre de tudo o que aconteceu lá. Mas posso te garantir uma coisa: nesse lugar novo não tem assassinos, e eu estarei lá para te proteger."

Fiquei surpresa quando Takahiro perguntou se tudo bem convidar você, Asako, e seu marido, para o nosso casamento. Foi aí que eu soube que o pai de Takahiro e seu marido eram primos. "Quando Asako e seu marido me virem", perguntei, "não vão se lembrar do assassinato e sofrer aquelas terríveis lembranças de novo?". Mas ele me contou que você disse a ele que realmente queria participar.

Para ser totalmente sincera, eu não queria te ver de novo, Asako. Tive medo de você jamais me perdoar por não manter a promessa que te fiz e, em vez disso, procurar minha própria felicidade. Mas eu não tinha direito de dizer nada no que se referia ao casamento. Afinal de contas, era a família de Takahiro – o pai e a mãe eram executivos da Industrial Adachi – que estava arcando com esse acontecimento extravagante, a ser realizado em um museu de arte projetado por um arquiteto famoso, lugar onde várias celebridades também haviam se casado. A única coisa que me sobrou para escolher por mim mesma foi o vestido de noiva.

Mas no dia do casamento, Asako, você me disse para esquecer o assassinato e ser feliz. Não posso te dizer o quanto fiquei eufórica quando você disse isso... E outra coisa me fez de fato feliz naquele dia: a surpresa que Takahiro tinha preparado.

Quando eu e ele estávamos planejando o casamento, eu tinha certeza de que, quando fosse me trocar no meio da recepção, seria para usar um vestido de festa mais curto, mas ele simplesmente dispensou a ideia, insistindo para eu ficar com o vestido branco de casamento até o fim. O motivo ficou claro durante a recepção, quando ele, repentinamente, me deu uma caixa com uma grande fita, e fui levada para uma sala de espera por uma das funcionárias.

Abri a caixa e lá dentro havia um vestido rosa. O decote e a barra eram arrematados com penas brancas, os ombros e a cintura decorados com grandes rosas roxas. Uma tiara combinando, com rosas roxas e penas brancas, também foi colocada na minha cabeça. Minha boneca francesa poderia usar esse tipo de tiara, lembrei. Olhei-me no espelho e vi a boneca francesa que costumávamos ter na sala de visitas da nossa antiga casa.

Mas por quê?, perguntei-me, e então lembrei que a primeira vez em que Takahiro e eu nos encontramos foi durante o Tour da Boneca Francesa. Eu, uma menina do campo, mostrando orgulhosa às crianças da capital as nossas bonecas com aparência antiga. Ele deve ter se lembrado de como eu era naquela época, e encomendou um vestido idêntico ao da minha boneca. Para me surpreender e me fazer feliz.

Quando voltei para o saguão da recepção, Takahiro olhou para mim como se estivesse segurando o fôlego, e depois abriu um grande sorriso. "Você está incrível!", disse.

Todos brincaram conosco, brindaram conosco, e dois dias depois desse momento delicioso, parti com Takahiro para nossa viagem. Do avião, vi a paisagem no solo perder-se de vista, e meu corpo todo foi tomado por um sentimento de libertação.

Nesse lugar novo não tem assassinos, e eu estarei lá para te proteger.
Mas *havia* um criminoso.

A cidade onde estou agora tem mesmo ar fresco e limpo, como aquela outra – até aí é verdade –, mas, tirando isso, não tem nada parecido. Esta cidade é muito agradável e linda. Passaram-se duas semanas, desde que começamos nossa vida juntos, só nós dois.

É difícil acreditar que sejam só duas semanas.

Eu estava um pouco surpresa enquanto escrevia esta carta. Até agora, consegui falar calmamente sobre as coisas, mas não tenho nenhuma certeza de que conseguirei expressar tão bem todo o resto. Mas o que vou escrever agora é o que realmente preciso dizer.

Começarei pelo dia em que chegamos a esta cidade...

Takahiro havia me contado que nossa nova casa tinha quase tudo o que precisávamos em se tratando de móveis, louças e daí por diante, então me livrei da maior parte do que eu tinha quando morava sozinha e só despachei um mínimo de roupas e outros itens pessoais. Depois de ficarmos noivos, Takahiro foi para a Suíça alguma vezes, a trabalho, e deixou a casa pronta para nós.

Chegamos ao aeroporto local pela manhã, e várias pessoas da sua empresa vieram nos receber. Fui com Takahiro ao escritório para conhecer seus colegas. Todos nós fizemos uma refeição juntos, para que eu fosse apresentada a cada um, e ganhamos um lindo presente de casamento. Então, fomos para a nossa nova casa, só nós dois, num carro fornecido pela empresa dele.

Encantei-me com tudo o que vi naquele dia, mas, ao chegarmos a nosso bairro luxuoso, me emocionei ao ver nossa casa, parecida com uma antiga casa de bonecas.

A casa tinha dois andares: uma sala de visitas espaçosa, uma combinação de sala de jantar e cozinha no primeiro andar, bem como dois outros cômodos. A sala de visitas tinha um conjunto de sofás e uma estante, e me adiantei e pus sobre ela o pesado relógio de pêndulo que ganhamos de presente. Mas, no geral, a sala estava um pouco vazia. Na cozinha, havia pratos e utensílios suficientes, mas achei que seria simpático ter um par de xícaras combinando. "Uma toalha de mesa laranja ficaria bem na mesa de jantar", comentei, "e adoraria colocar um monte de fotos perto da janela saliente", acrescentei, empolgada. Takahiro sorriu e me disse para decorar a casa como preferisse. "Mas antes", disse, "vamos abrir as caixas". As caixas que havíamos despachado do Japão estavam empilhadas aleatoriamente, em um dos cômodos do primeiro andar.

No segundo andar havia quatro cômodos, cada um de um tamanho. "O quarto maior no fundo é o dormitório", ele me disse, "os outros, você pode usar como quiser". Olhei dentro de cada quarto pela ordem, começando pelo que estava mais perto. *Este lugar é grande demais só para nós dois*, pensei, enquanto seguia pelo corredor largo e punha a mão na maçaneta do quarto dos fundos.

"Vamos deixar esse quarto para depois", Takahiro me disse. "Deixei tudo arrumado nele quando estive aqui antes, então vamos comer primeiro." Suas palavras, e minha própria timidez quanto ao quarto estar pronto para nós, impediram-me de abrir a porta. Em vez disso, fui com ele a um restaurante próximo.

Tomamos cerveja e comemos alguns pratos locais simples, mas deliciosos, e quando chegamos em casa de bom humor, Takahiro subitamente pegou-me em seus braços, levantou-me sobre a soleira, como uma princesa, e começou a subir a escada me carregando. Continuamos pelo corredor e ele abriu a porta do quarto mais afastado, colocando-me, delicadamente, no meio do cômodo. O quarto estava um breu, mas eu sabia que ele tinha me posto sobre uma cama.

Ele abriu o zíper do vestido, que caiu pelos ombros. Logo depois do nosso casamento, ficamos em um hotel no Japão por alguns dias, mas Takahiro andara tão ocupado trabalhando, preparando-se para seu novo cargo, que nada acontecera entre nós. Mas, agora, eu sabia que tinha chegado a hora. Mesmo com meu corpo incompleto, achei que meu amor por ele ia me tornar capaz de fazer aquilo. De algum modo, ele conseguiria se virar.

Meu coração estava aos trancos, minha respiração suspensa, quando, de repente, algo desceu delicadamente pela minha cabeça. Meus braços passaram devagar por dentro de mangas, um fecho foi puxado nas costas, ele segurou minha mão e fiquei em pé, enquanto, cuidadosamente, ele arrumava a barra do vestido longo. Percebi que ele tinha colocado outro vestido em mim.

Surgiu uma luz no quarto. Takahiro tinha acendido um dos abajures. Naquele instante, o que me atingiu foi a visão de uma boneca francesa. O que sorriu de volta para mim, de cima da mesa de madeira maravilhosamente entalhada, ao lado da cama, foi o próprio rosto de uma daquelas bonecas francesas exibidas nas salas de visitas daquela cidade rural.

Então ele tinha comprado o tipo exato de boneca para mim? Não, não era isso. Havia uma pinta minúscula sob o olho direito da boneca, mas o vestido era diferente. Não era rosa, mas azul-claro. E o vestido que ele havia posto em mim era um idêntico, azul-claro.

Em transe, virei-me e vi Takahiro olhando para mim com o mesmo sorriso da nossa cerimônia de casamento.

"*Minha boneca preciosa*", ele disse.

"Mas o que...?" Assim que disse essas palavras, com a voz rouca, uma voz zangada gritou: "*Não fale!*". Seu sorriso foi substituído por uma expressão nervosa, irritada, e pela primeira vez, eu me lembrei de qual criança ele era no Tour da Boneca Francesa.

Sem saber ao certo o que estava acontecendo, impedida de dizer uma palavra, fiquei ali, paralisada. Rapidamente, ele recuperou sua costumeira expressão bem-disposta e colocou-me na cama, sentando-se ao meu lado.

"Desculpe-me por ter gritado. Você ficou assustada?" Seu tom era gentil, mas não consegui responder. Olhava para mim, mas não eram os olhos de alguém olhando para uma pessoa real, viva. Olhei de volta, em silêncio. "Você é uma boa garotinha, não é?", ele disse, dando tapinhas na minha cabeça com sua grande mão.

E começou a contar sua história.

"Até então, eu nunca tinha me apaixonado", ele disse. "Todas as meninas à minha volta eram treinadas, desde crianças, a serem bem-educadas, a viverem de acordo com sua situação de elite, mas, em sua maioria, eram criaturas pretensiosas, estúpidas. Minha mãe não era diferente, sempre reclamando dos pesquisadores que ela supervisionava, todos eles incompetentes, segundo ela, e do meu pai, que trabalhava no mesmo departamento.

"Então, tivemos que nos mudar. Eu não podia acreditar que aquela cidade chegasse a fazer parte do Japão, era tão desprovida de tudo! Nunca tinha visto crianças como aquelas, incultas e vulgares, tomadas pela inveja. Quando pensava que teria que passar os próximos anos com elas, achava que ficaria louco.

"Por volta dessa época, uma das crianças que viviam em nosso prédio me convidou para ver algo *interessante*, segundo ela. Eu não fazia a menor ideia de que seriam bonecas, mas não tinha nada melhor a fazer, então fui com aquela molecada encardida do interior. Elas abriam a porta de entrada da casa dos outros sem bater, gritavam 'Gostaríamos de ver sua boneca!', e as pessoas que viviam ali gritavam de volta 'Fiquem à vontade!', e nem mostravam a cara. As crianças simplesmente infestavam a casa das pessoas para ver o que estava exibido ali. Inacreditável.

"Mesmo assim, foi meio interessante. Olhando todas as coisas à mostra ali – não apenas as bonecas, mas as pinturas, os diplomas, as lembranças –, fiz um retrato mental do tipo de pessoa que vivia em cada casa. E não deu outra: quando as pessoas vinham com bebidas para nós, chá de cevada ou Calpis, eram exatamente como eu tinha imaginado. Fiquei surpreso. Por volta da quarta casa, percebi que as bonecas se pareciam com as crianças daquela família, e comecei a prestar mais atenção nelas. Pareciam temperamentais, teimosas ou nada brilhantes; todas as impressões que tive foram muito negativas.

"Acho que a penúltima casa que visitamos foi a sua. Àquela altura, eu estava cansado daquilo tudo e pensava em sair de mansinho, mas assim que pus os olhos na boneca da sua casa, soube que tinha que ficar com ela.

"Aquela boneca tinha um rosto incomum. Era difícil dizer se era mais uma criança com aparência precoce ou um adulto que parecia criança. Tive vontade de tocar naquele rosto, nos braços e pernas graciosos. Tudo era muito encantador. *Como seria maravilhoso*, pensei, *ter esta boneca sempre ao meu lado e poder conversar com ela*. Também tive algumas expectativas em relação à menina, dona da boneca, mas ela era um típico espécime maltrapilho, sendo a única semelhança a pinta no mesmo lugar da boneca.

"Mesmo depois de chegar em casa, não consegui tirar aquela boneca da cabeça. Sempre que ouvia meus pais discutindo no quarto ao lado, pensava na boneca. Quando meus colegas de classe riam de mim por não saber as regras do Chute a Lata, lembrava-me da boneca. Por fim, decidi. Tinha que pegá-la para mim.

"No dia do festival, as pessoas baixaram a guarda ainda mais do que o normal, então, roubar a boneca foi fácil. Levei-a para casa e fiz o mesmo com as outras quatro. Levei as outras porque, assim, se as pessoas descobrissem que o ladrão era eu, não saberiam que eu estava apaixonado por aquela boneca em particular. No mesmo dia, joguei as outras bonecas no incinerador da fábrica.

"Não fiquei com a consciência pesada. Tinha certeza de que cuidaria melhor de você do que qualquer outra pessoa.

"Logo depois, aconteceu aquele assassinato. O que me surpreendeu mais do que o próprio assassinato foi como as pessoas tentaram associá-lo ao roubo das bonecas.

"*Sem chance*, pensei, *eles não podem me confundir com um assassino!* Fui visitar uma das crianças envolvidas no assassinato para verificar as coisas por mim mesmo. Era a sua casa. A criança que fui ver estava voltando da escola, ou da polícia, com os olhos baixos, enquanto caminhava acompanhada da mãe. Por apenas um instante, meus olhos se encontraram com os da menina. Aquele instante me fez sentir um arrepio. Ela tinha os mesmos olhos que *você*.

"Eu tinha pensado que a menina não passava de uma criança encardida do interior, mas isso poderia se transformar em uma coisa realmente surpreendente. Você, com menos de um metro de altura, era muito maravilhosa, mas imagine uma versão tamanho natural. Seria ainda mais surpreendente. Eu poderia ir além do que apenas falar com você enquanto você ficava ali; poderia fazer você sentar, caminhar com você, abraçar você enquanto durmo. Tive uma premonição de que, um dia, aconteceria um milagre.

"Logo, reportagens no jornal diziam que o suspeito do assassinato era um homem na casa dos 40, 50, e esqueci completamente o assunto. Só conseguia pensar em você.

"Você não parecia notar, mas eu estava sempre olhando para você. Na escola, no caminho para casa, até em frente à sua casa. Não muito depois disso, meus pais foram transferidos para Tóquio e nós voltamos para lá, mas eu voltava todo feriado para ver como você estava, fingindo que queria visitar a casa de uma das crianças mais decentes que viviam naquela cidade.

"Você cresceu bem como eu esperava. Houve uma época em que fiquei preocupado com o que aconteceria se você se tornasse imoral o bastante para flertar com homens, mas você não mostrou sinal disso. Quando eu estava na faculdade, pensei uma vez em falar com você, mas esperei pacientemente, preparando terreno para te fazer minha.

"'*Sou incompleta como mulher.*' Quando escutei isso, correu uma emoção ainda maior dentro de mim, maior do que lá atrás, quando nossos olhos se encontraram pela primeira vez. Porque eu soube, então, que você era de fato uma genuína boneca viva. Se foi o assassinato que fez meu ideal criar vida, então eu tinha que agradecer ao assassino.

"Venha aqui do meu lado. À noite, você é minha boneca."

Talvez cansado da viagem, ou da longa história, ele logo adormeceu, abraçando-me com cuidado. Eu ainda estava com o vestido que havia posto em mim, como se eu fosse uma boneca preciosa.

Assustada, enojada... É impossível expressar como me senti então. Percebia, agora, que a sensação que eu havia tido por tanto tempo, de que alguém me observava, não era fruto da minha imaginação. Mas saber que não era o assassino não me deu nenhuma sensação de alívio. Em vez disso, fui tomada pelo medo de que agora estivesse nas garras de alguém ainda mais bizarro, e não consegui dormir um segundo naquela noite. *Amanhã, voltarei ao Japão*. Só consegui pensar nisso.

Mas ao amanhecer, quando saí da cama, em silêncio, Takahiro não tentou me impedir, embora eu tenha certeza de que ele notou. Tomei uma ducha, coloquei roupas normais e fiz um café da manhã simples, com o pão e os ovos que tínhamos comprado na véspera. Àquela altura, ele já estava de pé, como sempre.

"Tenho que ir trabalhar a partir de hoje", disse, com seu costumeiro bom humor, "mas se você se sentir sozinha, ou tiver algum problema, ligue a qualquer hora no meu celular". Ele me deu um beijo de despedida e foi para o escritório.

Será que a noite anterior havia sido um sonho? Não, tinha realmente acontecido. Mas vai ver que ele tomou muita cerveja e estava bêbado. Vai ver que ele gostou mesmo da boneca e a tinha de fato roubado, inventando aquela história para esconder seu constrangimento.

Tentando me convencer de que devia ser isso, entrei no nosso quarto para começar a limpá-lo e vi a boneca ali, esperando por mim com sua expressão gentil de sempre. Agora, estava com um vestido vermelho. No quarto havia uma cama, uma mesa e um guarda-roupa, os dois últimos com entalhes combinando. Aproximei-me lentamente do guarda-roupa e abri as portas duplas com um puxão. Dentro, havia vestidos iguais em muitas cores, uns para a boneca, uns para mim.

Recuei, novamente, e fiquei com os olhos marejados. Mas, aos poucos, um sorriso veio ao meu rosto. Na noite anterior, no escuro, tinha sido assustador ser levada a vestir aquele vestido e escutar a história bizarra de Takahiro, mas, à luz do dia, as fileiras de vestidos no armário pareciam espalhafatosas e divertidas, embora, em última análise, ridículas. Como roupas que um palhaço de circo poderia usar.

Onde ele comprou todas essas roupas, e o que se passava pela sua cabeça ao fazer isso? Com certeza ele não tinha levado retratos dos vestidos feitos com lápis de cor até uma loja, ou será que tinha? Talvez o caderno Memorando de Bonecas, que joguei fora muito tempo atrás?

Quando ele era criança, devia haver algo faltando em sua vida. Algo vital. E a boneca em nossa sala de visitas, uma coisa que poderíamos muito bem ter jogado fora alguns anos depois, compensou essa falta. E agora sou eu quem desempenha esse papel para ele, algumas horas por dia. Foi ele quem me trouxe da minha cidadezinha rural para este lugar longínquo. Para que duas pessoas imperfeitas e avariadas vivam, é preciso uma cerimônia absurda que lhes permita esconder suas imperfeições.

Sempre fui boa em me convencer de coisas.

À noite, quando Takahiro voltou do trabalho e me viu com as mesmas roupas comuns que eu estava de manhã, pareceu contrariado. Então, antes que dissesse qualquer coisa, soltei o seguinte, num rompante:

"Mesmo à noite, aqui é um lugar para nós vivermos como seres humanos. Comeremos, usaremos o banheiro, tomaremos uma ducha. E então, você não gostaria de passar uma noite de verdade ali no quarto, comigo?"

Eu estava receosa de que fosse demais para mim, como uma simples boneca, sugerir passarmos uma *noite de verdade* juntos, mas ele só abriu um sorriso. "O que tem para o jantar?", perguntou.

Mesmo assim, foi miserável brincar de ser uma boneca no segundo dia, e no terceiro. Escutar, em silêncio, enquanto ele falava, era uma coisa, mas era difícil suportar quando ele punha a mão dentro do meu vestido, me acariciava toda e lambia as partes expostas do meu corpo. Conforme o tempo foi passando, porém, acostumei-me com isso, querendo que ele me tocasse ainda mais. Mal podia esperar pela hora em que poderia me transformar numa boneca, e comecei a detestar quando a noite chegava ao fim.

Mas a última noite foi diferente.

Eu tinha me sentido febril desde cedo, o estômago latejando de dor, e ao meio-dia não aguentei mais. Deitei-me no sofá da sala de visitas, puxei um cobertor e fechei os olhos. Mas o barulho do relógio me incomodou, e não consegui adormecer. Enfiei o relógio debaixo do sofá e finalmente consegui dormir um pouco, embora a dor não diminuísse.

A noite veio e Takahiro voltou. Ficou preocupado ao ver meu rosto pálido, e quando pedi desculpas por não ter o jantar pronto, ele me disse para não me preocupar.

Suas palavras bondosas fizeram-me baixar a guarda, e esse foi o meu erro. "Gostaria de dormir aqui esta noite", disse a ele. "Não, não permitirei isso", Takahiro disse com frieza. Não sei por que fiquei tão brava, mas na noite anterior eu estava realmente nervosa, e a raiva subiu dentro de mim.

"Não me faça jogar aqueles jogos pervertidos quando estou me sentindo assim!", gritei.

Assim que soltei isso, senti uma dor aguda no rosto.

"O que foi que você disse?"

Takahiro pressionou seu rosto junto ao meu, e seu aspecto me assustou. Mas não recuei. Estava irritada além da conta.

"Eu disse que você é um pervertido. Não me diga que não percebeu que é um pervertido?"

Um grito alto, depois outra dor aguda no rosto, e desmoronei no chão. Ele montou sobre meu estômago, que ainda doía, e agarrou meu pescoço com as duas mãos.

"Retire o que disse! Se você retirar o que disse neste exato momento, eu te perdoo. Fique de quatro e peça desculpas!"

Foi então que aconteceu. Senti algo quente e pegajoso saindo do meio das minhas pernas. Sem me levantar e olhar, eu sabia o que era, podia imaginar a cor. No instante seguinte, como num filme acelerado, aquele assassinato passou pela minha cabeça.

Crianças jogando bola, um homem surgindo de uniforme de trabalho, avaliando uma criança de cada vez, Emily sendo levada embora, a cena dentro do vestiário...

Eu ia ser morta!

Não me lembro do que aconteceu depois.

Logo depois da mesa de jantar onde estou escrevendo esta carta, em frente ao sofá, Takahiro está deitado no chão. O sangue que saía da sua cabeça parou e está começando a ficar escuro e viscoso. Caído ao lado dele está o relógio coberto de sangue. Até daqui é óbvio que ele não está respirando.

Devo tê-lo matado.

Das imagens daquele momento que correm pela minha cabeça, me vem um súbito pensamento.

Todas nós tínhamos nos dirigido ao assassino como *ojisan* – tio –, a maneira típica como as crianças tratariam um desconhecido de meia-idade, mas, na verdade, o homem não era tão velho, provavelmente estava na casa dos 30. E agora sei que quem roubou as bonecas francesas era outra pessoa. Com a prescrição se aproximando, rezo com todo o meu coração para que essas provas sejam úteis e que, agora, o caso possa ser resolvido.

Cumpri minha promessa a você agora?

Vou te enviar esta carta e depois voar de volta para o Japão. Não faço ideia de onde ou como eles lidam com alguém que matou o marido no exterior, mas vou voltar para o Japão e me entregar à delegacia mais próxima.

Pode ser que eu tenha que ir para a prisão, mas isso não me incomoda porque sei que, depois de cumprir minha sentença, terei finalmente uma vida livre. Para dizer a verdade, sinto-me em paz. Como se enfim, depois de todos esses anos, eu estivesse de volta a um tempo antes de você e da sua família virem para a cidade. De volta a uma época em que respirava aquele ar puro e limpo, sem pensar duas vezes.

Cuide-se.
Adeus.
Sua,
Sae

Uma reunião extraordinária
da Associação de Pais e Mestres

Agradeço a todos por terem vindo a esta reunião extraordinária da Associação de Pais e Mestres da Terceira Escola Pública Fundamental de Wakaba. Sei que todos os senhores devem ser ocupados, e fico grata por terem vindo apesar da chuva. Sou a Sra. Shinohara.

Normalmente, alguém mais graduado – o diretor ou o vice-diretor – estaria aqui, mas o único adulto que pode explicar melhor o que os senhores, como pais, e aqueles que fazem parte da comunidade querem saber, sou eu; então insisti para que me permitissem falar aos senhores.

O que vou dizer não foi anotado ou checado com antecedência, portanto, se por acaso eu disser algo insensato, é de minha inteira responsabilidade, não da escola. Por favor, tenham isso em mente.

Gostaria de começar comentando os eventos acontecidos no começo do mês na nossa escola, o incidente no qual uma criança foi ferida.

Isso ocorreu numa quarta-feira, 5 de julho, por volta das 11h45, na piscina externa nas dependências da escola. Naquele dia, as classes 1 e 2 da quarta série tinham uma aula conjunta de natação. Fazia sol, era um dia perfeito para se estar na piscina. A aula aconteceu durante o terceiro e o quarto períodos, começando às 10h40 e marcada para terminar às 12h20. Sou a professora-orientadora da Classe 1, o Sr. Tanabe é o professor-orientador da Classe 2, e nós dois estávamos como responsáveis.

Da entrada deste ginásio onde os senhores estão agora, a piscina fica ao lado direito, na diagonal do playground da escola. Vista das construções da escola, do Prédio n° 3, o mais distante do portão principal, a pessoa sai do lugar onde as crianças trocam os calçados por chinelos, passa pelo trepa-trepa e, ao final, chega à piscina. Na entrada da piscina há um portão metálico de correr.

A única entrada é essa, que dá de frente para o playground.

A não ser quando a piscina está sendo usada para aulas, ou pelo clube de natação, o portão é fechado com cadeado pelo lado de fora. Mas, quando a piscina está em uso, o portão fica destrancado, uma vez que nunca esperamos que apareçam intrusos. Também fazemos isso para facilitar, a qualquer criança que se sinta mal, a ida direta à sala da enfermeira, que fica no primeiro andar do Prédio n° 3.

Logo na entrada, há um armário no qual as crianças colocam seus sapatos e que fica a apenas alguns degraus da piscina. Os vestiários e os chuveiros localizam-se no fundo, então as crianças passam pelo lado da piscina em que estão os trampolins, que é um pouco mais largo do que o outro lado, e vestem os maiôs no vestiário, tomam uma ducha e se reúnem ao lado dos trampolins. No fundo, além do alambrado, há um pomar de tangerinas de propriedade particular.

Espero que os senhores consigam visualizar a disposição a partir disso.

Sempre que temos uma aula de natação, os pais precisam preencher e assinar um formulário de saúde. Dessa forma, eles sabem exatamente quando seus filhos terão essa aula.

No entanto, em entrevistas na TV, vários pais de crianças da minha classe insistiram que a escola jamais os informou de que seus filhos estariam tendo uma aula de natação naquele dia. Acho isso difícil de entender.

O cronograma das aulas de natação também está impresso em negrito na programação mensal da classe, que é enviada a todos porque algumas crianças precisam de permissão médica para participar. Também foi distribuído um cronograma avulso apenas das aulas de natação.

Por favor, não me entendam mal. Não estou tentando ser sarcástica. Quero que todos reflitam sobre tudo isso não sob o ponto de vista da vítima, mas dos adultos responsáveis pela proteção das crianças e dos pais e membros da comunidade.

Como o cronograma indicava, os alunos da quarta série tinham aulas de natação marcadas para oito vezes no primeiro semestre, duas vezes por semana, a começar na terceira semana de junho. O dia em questão era o da sétima aula. A essa altura, os alunos estavam totalmente acostumados a nadar, e todos os setenta, nas duas aulas conjuntas, tinham capacidade para nadar vinte e cinco metros. Portanto, nenhuma das crianças estava tendo qualquer problema pessoal, e a aula estava transcorrendo tranquilamente.

Nos últimos trinta minutos, cronometramos os alunos para ver quanto tempo levavam para nadar os vinte e cinco metros em estilo livre. Então, às 11h35, quando estávamos no quarto período, os alunos estavam se exercitando para isso, e percorremos a lista de chamada por ordem alfabética, colocando-os para nadar em raias.

Havia seis raias; as raias de um a três, mais próximas do playground, eram para a Classe 1, e as raias de quatro a seis, para a Classe 2. Sendo assim, eu estava ao lado do playground, e o Sr. Tanabe, ao lado dos vestiários, cada um de nós supervisionando e instruindo as crianças das nossas respectivas classes.

Havia aproximadamente doze crianças em cada raia, divididas por ordem alfabética, com três crianças em cada raia ao mesmo tempo, e cerca de cinco metros separando cada uma. O restante das crianças estava sentado em frente ao trampolim.

Pelo meu relógio, eram 11h45, e eu estava pensando que deveríamos começar a cronometrar as crianças. Foi então que aquele homem, Sekiguchi, forçou a entrada.

Kazuya Sekiguchi, 35 anos, desempregado, disse o noticiário da TV.

Gostaria de lhes pedir um favor. Enquanto ouvem o que tenho a dizer, por favor, tentem imaginar a maneira como as coisas estavam no momento do incidente. Tirem da cabeça as fotos vistas na TV.

No noticiário, eles mostraram uma foto de Sekiguchi do tempo do ensino médio, quando ele parecia um rapaz magro, pálido e dócil, mas ele tinha uma aparência tão diferente quando o vi que não dava para saber que era a mesma pessoa. Era um pouco mais baixo do que eu, por volta de 1,65 metro, mas muito pesado, provavelmente duas vezes o meu peso, bem mais de noventa quilos.

Visualizem isso, por favor.

Faz três anos que sou professora, e o Sr. Tanabe, seis, portanto, ele era o responsável pela aula. Olhei para o meu relógio, vi que estava na hora de começar a natação cronometrada, virei-me para o Sr. Tanabe e soprei o apito pendurado no meu pescoço, levantando a mão para avisá-lo.

Foi então que aconteceu. Um homem usando uma espécie de uniforme militar pulou de detrás dos vestiários. Segurava uma faca de caça quase vinte centímetros de comprimento. Sem saber ao certo o que estava acontecendo, soprei o apito o mais alto que consegui.

O Sr. Tanabe virou-se surpreso, viu Sekiguchi, e as crianças começaram a gritar. Sekiguchi se chocou contra o Sr. Tanabe, fazendo-o cair na piscina. Em seguida, ergueu a faca bem alto e se virou em direção às crianças sentadas ao lado da piscina. Elas gritaram, mas estavam paralisadas de medo.

"Este país está prestes a desmoronar!", Sekiguchi gritou e investiu contra as crianças. "Escolham morrer como homens a serem levados prisioneiros!"

Corri para eles. Percorri cerca de metade da piscina, mas não vi nada que pudesse ser usado como arma. Só estava usando meu maiô. Sekiguchi agarrou o braço da criança na frente da fila da raia seis, Ikeda, e brandiu sua faca. Ainda soprando meu apito feito louca, pulei em cima dele. Como se estivesse rolando na quadra de vôlei para receber um saque, pulei sobre Sekiguchi e agarrei-o pelas pernas. O impulso jogou-o de lado, e ele esfaqueou a própria coxa. Agarrou o ferimento com as duas mãos, deu um giro completo e caiu na piscina.

Talvez por causa da dor, por não saber nadar ou por ser tão obeso, Sekiguchi gritou "Socorro!" e começou a se debater na água, como se estivesse se afogando.

As crianças que ainda estavam na piscina saíram às pressas. Disse-lhes que corressem para o playground, então usei o telefone no vestiário dos meninos para ligar para o escritório e pedir que chamassem uma ambulância.

Ikeda havia sido esfaqueado na lateral.

No vestiário, havia toalheiros, então peguei algumas toalhas penduradas ali e pressionei-as contra o ferimento de Ikeda para estancar o sangramento. Enquanto fazia isso, a Sra. Okui, enfermeira da escola, chegou correndo e assumiu. Foi aí que avistei Sekiguchi, com as mãos na beirada da piscina, tentando sair.

Corri até ele e lhe dei um chute no rosto. Em seguida, chegaram outros professores e a ambulância.

Foi o que aconteceu naquela ocasião.

Por sorte – não tenho certeza de que *sorte* seja a melhor maneira de dizer isso, já que ele ficou tão machucado –, Ikeda, embora ainda esteja no hospital com um ferimento grave que o manterá lá por cerca de um mês, se recuperará. Umas duas crianças caíram e ralaram o joelho enquanto fugiam correndo, mas nenhuma outra foi ferida por Sekiguchi.

Os pais e moradores da cidade souberam o que aconteceu por seus filhos, é claro, e depois a mídia divulgou a história pelos jornais, TV e Internet, e logo o país todo ficou a par.

Na hora, fiz o possível. Sinto muito por Ikeda, mas acredito que meus atos limitaram seus ferimentos a um mínimo. Apesar disso, a escola tem sido condenada não apenas por todos os senhores, mas por pessoas que moram longe, pessoas que nunca vi.

O primeiro alvo dos ataques foi o Sr. Tanabe.

Depois que foi empurrado por Sekiguchi para dentro da piscina, ele ficou ali, a maior parte do tempo debaixo d'água, até a chegada da polícia, muito embora a piscina da escola fundamental tenha apenas um metro de profundidade. Ikeda, que foi esfaqueado, estava na classe do Sr. Tanabe, e quando o pai de uma criança perguntou o que o Sr. Tanabe estava fazendo enquanto tudo acontecia, a criança respondeu: "A Sra. Shinohara empurrou o bandido e ajudou a gente, mas o Sr. Tanabe ficou o tempo todo escondido na piscina". Aparentemente, ocorreu o mesmo tipo de conversa na família de muitas crianças.

Elas não mentiram. O Sr. Tanabe estava *mesmo* se escondendo. Não consigo entender, um professor como ele abandonando suas crianças para se esconder. Por causa disso, o Sr. Tanabe ficou conhecido por todo o Japão como um professor fraco e covarde.

Era de se pensar que o Sr. Tanabe, um homem alto, de porte atlético, que participou do campeonato nacional de tênis, não teria medo daquele homem frágil da fotografia a ponto de se esconder. Agora os senhores entendem por que comecei descrevendo Sekiguchi? Os senhores ainda acham que o Sr. Tanabe foi fraco e covarde?

O que todos os senhores teriam feito se estivessem no lugar dele?

Os seres humanos têm maneiras muito egoístas de pensar.

Pensem no filme *Titanic*. Os senhores não se projetaram naquela cena, imaginando-se naquele cruzeiro de luxo, enquanto ele afundava? Não imaginaram que só os senhores seriam salvos? Não se viram encontrando calmamente uma tábua, subindo nela, ilesos, esperando ajuda?

Quando os senhores assistem na TV a cenas de um terremoto ou incêndio, não se imaginam como os únicos espertos que conseguem se desviar dos prédios que desmoronam e correm para se salvar? Quando escutam a notícia de um ataque aleatório à mão armada, nas ruas, não se imaginam escapando por pouco? Quando souberam de um indivíduo suspeito invadindo as dependências da escola, não se imaginaram agindo de modo rápido e inteligente, retirando as pessoas?

Os senhores não se revoltaram, perguntando o que esse professor incompetente achava que estava fazendo, por terem certeza de que reagiriam de outra maneira? Mas não se enganem a esse respeito: são exatamente as pessoas convencidas de que poderiam colocar esses cenários egoístas em prática que, na hora H, não conseguem fazer coisa alguma.

"Tudo bem, então, e *você*?", as pessoas perguntam. "Você se julga mais corajosa do que a maioria porque atacou Sekiguchi de frente?" Muita gente pode pensar isso. Na verdade, depois do incidente, quando saíram matérias a meu respeito como *a professora corajosa*, recebi inúmeros e-mails, enviados ao endereço que usamos nos comunicados da classe, dizendo para eu parar de me achar o máximo.

Mas o assunto vai muito além disso. Não sou, de maneira alguma, o que se poderia chamar de corajosa.

A maneira como encaro os fatos é que as pessoas que conseguem agir adequadamente em uma emergência, ou tiveram muito treinamento para fazer isso ou passaram por algo parecido no passado.

No meu caso, é a segunda opção.

Aconteceu quinze anos atrás, no verão em que eu estava na quarta série.

Fui para a faculdade na região onde estamos agora, fiz o exame de certificação para professora e fui contratada para lecionar nesta pequena cidade litorânea, na Terceira Escola Pública Fundamental de Wakaba. Mas a cidade onde nasci e fui criada era completamente diferente.

Cidade de _____. Algum dos senhores conhece?

É uma cidadezinha num vale montanhoso, de tamanho e população semelhantes a esta nossa. Economicamente, as duas cidades também são parecidas, sendo que esta depende de uma fábrica administrada por uma companhia de construção naval. Por serem as duas tão parecidas, quando fui designada para o que era visto como uma parte remota da região, senti como se pertencesse a ela.

Quando peço para as crianças descreverem sua cidade, elas dizem coisas como "O mar é lindo" ou "Tem muitas belezas naturais". Ambas as afirmativas estão corretas, mas elas não estão apenas repetindo o que aprenderam nas aulas em séries anteriores? Acho que não se pode apreciar realmente a cidade onde se mora até tê-la deixado.

Onde cresci, aprendemos, na escola fundamental, que nossa cidade tinha um ar muito puro, muito limpo.

Aprendemos isso porque, no final da terceira série, a Companhia Industrial Adachi construiu ali uma fábrica para a produção de instrumentos de precisão. Mas, enquanto morei ali, nunca a apreciei de fato.

O ar aqui também é maravilhoso, o cheiro da maré, quando você respira fundo... Mas, quando fui mandada para cá, comprei um carrinho para vir à escola. No começo do segundo ano, a borda das partes de metal já começaram a enferrujar. Quando vi isso, percebi, mais uma vez, como o ar da minha cidade natal era limpo e puro.

E foi na escola fundamental daquela cidadezinha que aconteceu um assassinato.

O incidente ocorrido aqui, recentemente, foi muito divulgado nos três primeiros dias, mas depois de um mês parece que todos se esqueceram dele completamente, menos os que moram na cidade. Quase dia sim, dia não, acontece um assassinato em algum lugar do Japão, então é difícil que as pessoas se lembrem de um deles por muito tempo. E não há necessidade disso, a não ser quando afeta alguém diretamente.

Da mesma maneira, o assassinato ocorrido na minha cidade, por ter acontecido numa escola fundamental, foi amplamente divulgado no início, mas, agora, duvido que alguém aqui se lembre dele.

Aconteceu num 14 de agosto.

Como eu disse, as cidades têm mais ou menos o mesmo tamanho, então imaginem sua própria cidade quinze anos atrás, e acho que poderão entender o que estou dizendo. Naquela época, para as crianças do campo com avós morando sob o mesmo teto, o feriado de Obon não tinha nada de especial. Na verdade, era um dia meio sem graça. Com a visita de parentes vindos das grandes cidades, atrapalhávamos em casa, e nossos pais gritavam que fôssemos "brincar lá fora". Mas a piscina da escola estava fechada, e se fôssemos brincar na beira do rio, nossos pais ficariam zangados conosco, dizendo que os espíritos dos mortos sairiam da água e agarrariam nossas pernas.

Não havia centros de recreação na cidade, nem mesmo um minimercado. Pela manhã, eu visitava o túmulo da família com meu familiares próximos e outros parentes, almoçava cedo e, depois, até o pôr do sol, tinha que vagar sem rumo por aquela cidade entediante, como uma refugiada.

Mas havia muitas crianças no mesmo barco. As meninas do distrito oeste com quem eu sempre brincava, minhas colegas de classe Sae, Akiko e Yuka, também não tinham o que fazer, exatamente como eu. Por sorte, havia a escola fundamental em nosso distrito, e, como fazíamos sempre, reunimo-nos para brincar nas dependências dela.

Havia uma menina chamada Emily conosco, mas ela não tinha nascido na cidade.

A partir do momento em que entramos na escola fundamental, passou a ser minha função decidir que tipo de brincadeiras faríamos. Provavelmente por ser muito alta, mesmo as minhas colegas sempre me tratavam como uma aluna mais velha.

Uma vez, por exemplo, quando brincávamos perto do rio e o sapato de uma das crianças foi levado pela água, foi a mim que vieram pedir ajuda. Não que tivessem pedido diretamente para buscá-lo. Foi mais do tipo: "Maki, o que a gente faz?". Então, é claro, tive que ir buscá-lo. Corri rio abaixo, entrei com cuidado na água, descalça, fiquei à espera do sapato que vinha boiando em minha direção e, de algum modo, agarrei-o. "A gente sabia que você ia conseguir, Maki!", elas gritaram, fazendo-me sentir como se fosse uma irmã mais velha ou coisa assim.

Não eram só as crianças que me tratavam assim. Uma vez, quando estávamos caminhando da escola para casa, em grupo, e uma das crianças caiu e começou a chorar, um adulto que vinha passando ralhou comigo: "Você é mais velha, então tem que prestar atenção nelas". A mesma coisa na escola. Se uma das crianças era ignorada, era sempre a mim que a professora vinha, para ter certeza de que a criança seria convidada a se integrar.

Meus pais também sempre agiram dessa maneira comigo. Sou a mais velha de duas irmãs, então era natural ser tratada assim em casa, mas sempre que havia um evento, como um festival, eles me faziam assumir um papel importante em qualquer atividade na qual as crianças fossem o foco. A escola tinha uma unidade local de voluntários, e quando eu não participei e minha mãe descobriu que as outras crianças do bairro participaram, cutucou-me, furiosa, na cabeça e nas costas. Depois disso, a não ser que eu tivesse alguma coisa importante, eu sempre tomava parte.

Por causa disso, as pessoas da cidade sempre diziam que eu era *madura e confiável*. E depois de ter ouvido isso inúmeras vezes, comecei a acreditar nelas, a me ver exatamente assim. Então, achei que fosse mais do que natural assumir o controle de qualquer situação. Quando muito, achava que eu *tinha* que. Quando brincávamos, também, eu sempre quebrava a cabeça para imaginar o que seria mais divertido.

Os senhores devem estar se perguntando o motivo para eu mencionar isso. Mas tem ligação com o ataque na piscina, então agradeceria se tivessem um pouco mais de paciência comigo.

Tudo mudou na quarta série, no entanto. Com a construção, na nossa cidade, da nova fábrica pela Industrial Adachi, tivemos, de repente, muitos estudantes transferidos na escola. Uma menina chamada Emily entrou na minha classe. O pai dela era um executivo da Adachi, e ela era muito boa aluna, sabia todo tipo de coisa sobre política e economia, o que nós, crianças do interior, não fazíamos ideia. Por exemplo, ela conseguia explicar o que significava uma alta taxa de câmbio para o iene, e o efeito que isso teria no âmbito doméstico.

Um dia, nossa professora de estudos sociais nos contou que a cidade onde vivíamos tinha um ar particularmente limpo. Nenhum de nós ficou realmente convencido, mas, depois da aula, alguém perguntou a Emily, e com a confirmação dela a maioria das crianças acreditou ser verdade.

Porque tudo que Emily dizia era certo.

Depois disso, sempre que as crianças da classe tentavam decidir alguma coisa, pediam a opinião de Emily. Até para atividades em que o fato de ela ser da capital não ajudava, como decidir quem deveria ficar incumbido das várias tarefas na classe, ou o que faríamos em vários eventos. Esse sempre tinha sido o meu papel, mas não era mais.

Eu tinha sentimentos ambíguos a esse respeito, mas tudo que Emily dizia era de fato correto, e as ideias dela eram sempre novas e intrigantes, e, incapaz de ser contra, eu cedia. Devo reconhecer, porém, que não foi muito divertido ouvir que os tipos de jogos dos quais minhas amigas e eu gostávamos eram estúpidos.

Pouco antes de Emily se mudar para lá, era popular, entre as meninas que eu conhecia, visitar outras casas para ver as bonecas francesas em exposição. É claro que fui a primeira a propor isso. Todas nós estávamos realmente interessadas naquilo, até a hora em que Emily juntou-se a nós e disse, sem rodeios, que preferia as bonecas Barbie. A partir do dia seguinte, acabou nossa obsessão por bonecas francesas.

Antes que Emily pudesse assumir o comando, propus um novo jogo: Exploradoras.

Um pouco fora da cidade, em um vale, havia uma casa abandonada. Era uma casa de aspecto moderno, estilo ocidental, que, aparentemente, não vinha sendo usada havia muitos anos. Um CEO rico, de uma empresa em Tóquio, a havia construído para a filha adoentada como casa de férias, mas, quando a casa estava quase pronta, a filha faleceu e eles a abandonaram do jeito que estava, sem jamais usá-la. Era essa a fofoca que corria na época entre nós, crianças, e acreditamos nisso de olhos fechados. A verdade, porém, é que ela tinha sido construída como projeto piloto por uma empresa de desenvolvimento de *resorts*, que queria vender muitas casas de veraneio na cidade; mas, antes de terminá-la, a empresa foi à falência e a casa foi largada daquele jeito. Só soubemos disso muito mais tarde.

Os adultos haviam nos prevenido para não chegar perto da casa, e as janelas e portas estavam todas tampadas com tábuas de madeira para as pessoas não entrarem; sendo assim, até então não tínhamos chegado perto do lugar. Mas um dia, Yuka, cuja família tinha um vinhedo ao lado, nos contou que a tábua da porta dos fundos tinha se soltado e que era fácil abrir a fechadura com um grampo. Por isso, convidei meu grupo de amigas de sempre, além de Emily, para ir até lá.

Brincar de Exploradoras era tão divertido que esquecemos completamente as bonecas francesas. Éramos as únicas cientes de que se podia entrar na casa. Dentro, havia apenas algumas peças de mobiliário de alvenaria, mas, com sua lareira falsa e uma cama de dossel, era como estar em um castelo. Porém, nossa diversão ali – comendo balas e fazendo uma festa, cada uma de nós escondendo algum tesouro particular dentro da lareira – durou menos de quinze dias.

Um dia, Emily nos disse, de repente, que não queria mais ir lá. E continuou: "Contei para o papai que a gente estava indo na casa abandonada". Perguntamos por que ela tinha feito uma coisa daquelas, mas ela não disse o motivo. Não sei se foi o pai dela que fez isso, mas, quando voltamos lá, mais tarde, a porta tinha uma fechadura mais forte, então ninguém conseguiu entrar.

Mesmo assim, continuei brincando com Emily porque sua proposta seguinte foi que a gente praticasse vôlei. Eu já tinha decidido entrar no time de vôlei quando estivesse na quinta série, e atormentei meus pais repetidas vezes para me comprarem uma bola de vôlei, mas eles ficavam repetindo que só fariam isso quando eu estivesse no time. Só que Emily tinha uma bola. Não apenas isso: era uma bola de vôlei de uma marca famosa, o tipo usado em campeonatos nacionais. Acho que procurei ficar amiga dela só para ter a chance de usar a mesma bola que a equipe nacional japonesa usava na TV.

No dia do assassinato, nós também estávamos jogando vôlei.

Eu tinha dito para minhas amigas: "Ei, vamos jogar vôlei no playground da escola", e pedi a Emily que levasse sua bola.

Era um dia ensolarado. Os senhores poderiam imaginar que uma cidade em um vale fosse fria, mas o sol estava tão quente que era difícil acreditar que o verão estivesse terminando. Tão quente que os braços e pernas descobertos começavam a arder, mesmo quando a pessoa ficava só um tempinho ao ar livre. Emily disse: "Está quente demais, por que não vamos até a minha casa assistir uns vídeos da Disney?", mas todas nós tínhamos sido bastante advertidas a não visitar as casas de outras pessoas durante o Obon, porque estaríamos incomodando nessa época tão conturbada, então minha sugestão venceu.

O outro motivo era que eu, de fato, não gostava da casa de Emily. Tinha tantas coisas lindas lá que eu ficava com pena de mim. Acho que as outras crianças tinham a mesma sensação.

Reclamando do calor, fomos até a lateral do ginásio, à sombra, e começamos a jogar. Formamos um círculo e passamos a bola, e tivemos a ideia de tentar passá-la cem vezes em sequência. A ideia foi de Emily. "Se formos jogar, deveríamos, também, ter um objetivo", ela disse. "Assim, a gente ficará feliz por ter conseguido alguma coisa." Seguimos sua sugestão e, quando tínhamos passado oitenta vezes seguidas, estávamos todas exaltadas, gritando incentivos umas para as outras.

Emily era esse tipo de criança.

Tínhamos acabado de conseguir, pela primeira vez, noventa vezes em sequência, quando um homem com roupa de trabalho veio até nós. Não tinha uma faca de sobrevivência na mão, e não gritou. Só veio até nós, parou e disse, sorrindo:

"Vim checar os ventiladores dos vestiários da piscina, mas esqueci de trazer uma escada de mão. Só preciso apertar uns parafusos, então fiquei pensando se uma de vocês poderia subir nos meus ombros e ajudar".

Isto é para mim, pensei, e disse que ajudaria. Todas as outras meninas também se ofereceram, mas o homem disse que eu era alta demais, uma das outras era baixa demais, uma tinha óculos, outra parecia muito pesada e, no fim, ele escolheu Emily. *Sempre Emily*, pensei.

Fiquei muito decepcionada e disse: "Vamos *todas* ajudar!". Todo mundo concordou, mas o homem disse: "Não, é muito perigoso", e rejeitou a ideia. "Se esperarem aqui, compro sorvete para vocês", disse. E pegou Emily pela mão, saindo com ela em direção à piscina.

* * * * *

Eu me pergunto como todos os senhores aqui, pais, ensinam seus filhos, hoje, a se proteger. Espero que ninguém ache que essa função seja totalmente da escola.

"Meu filho segura o hashi de um jeito esquisito. O que vocês estão ensinando lá na escola?" Noutro dia, recebi um telefonema desses. A criança também estava na quarta série. O que seus pais andaram fazendo até agora? Vai ver que a família dela teve a mesma ideia de que a escola é totalmente responsável pela educação das crianças.

É claro que ensinamos às crianças como reagir. Se uma pessoa suspeita tenta conversar com elas a caminho de casa, saindo da escola, elas sabem que devem gritar por ajuda, ou apertar o botão de alarme em sua mochila e correr. Deixamos claro que elas não devem nunca, jamais, entrar no carro de um desconhecido. Que devem correr até uma loja ou casa próxima e procurar ajuda. Que devem evitar ruas desertas. Que se alguma coisa acontecer, devem contar imediatamente a um adulto.

Tem uma porção de pais que levam isso a sério. Agora, existe um serviço online de prevenção ao crime, que envia alertas sempre que há um relato de pessoa suspeita espreitando por aí, e acho que muitas pessoas devem ser cadastradas para esse serviço.

Há poucos dias na minha classe, uma das meninas me contou que a caminho da escola, naquele dia, na faixa de pedestres, "um velho esquisito" ficou encarando-a. Corri para averiguar e descobri que era um dos professores-orientadores de outro ano, a quem cabia a vez de supervisionar a faixa de pedestres da escola. Se na minha época tivéssemos sido tão cautelosas quanto essa menina, talvez tivéssemos conseguido evitar aquele incidente medonho.

Mas não havia adultos, então, que lembrassem as crianças, inclusive nós, de serem tão precavidas. Sem falar no fato de que aquilo aconteceu na escola, o homem estava com uniforme de trabalho e tinha o que parecia um motivo plausível para estar ali.

Depois que Emily saiu, continuamos jogando a bola, alcançando nosso objetivo de cem vezes, e então nos sentamos nos degraus do ginásio para bater papo. Mas Emily ainda não tinha voltado. Não demorou muito para começar a escurecer, e o sinal das seis horas começou a tocar. Nesta cidade é a música "Nanatsu No Ko", mas onde cresci era "Greensleeves".

Estávamos ficando um pouco preocupadas com Emily, então fomos ver onde ela estava. O lugar da piscina da escola era muito parecido com este aqui. O portão ficava destrancado o verão todo, então entramos direto, contornamos a piscina e fomos para os vestiários. O único som era o de cigarras distantes.

Os vestiários também estavam destrancados. Eu estava no comando e abri a porta do vestiário feminino, mas nem Emily nem o homem estavam lá dentro. Fiquei um pouco nervosa, pensando que talvez ela tivesse ido para casa sem dizer nada para nós, então fomos até o vestiário dos meninos só para confirmar. Foi Akiko quem abriu a porta. Deslizou-a, olhando além da entrada, e naquele instante uma cena horrorosa saltou aos nossos olhos.

Emily estava deitada no chão. Sua cabeça estava virada para a porta, então podíamos ver seu rosto claramente: os olhos escancarados, líquido pingando da boca e do nariz. Chamamos seu nome várias vezes, mas não houve resposta.

Ela está morta, pensei. *Aconteceu alguma coisa horrível.* Acho que foi reflexo condicionado, mas rapidamente disse às outras meninas o que fazer.

Disse a Akiko e Yuka, ambas rápidas na corrida, para irem, respectivamente, à casa de Emily e à delegacia. Sae, que era a mais calada entre nós, ficou junto com o corpo. Eu disse a elas que ia tentar achar algum professor e contar o que tinha acontecido. Nenhuma delas fez qualquer objeção, então, deixando Sae de guarda, nós três saímos correndo.

Os senhores não acham que fomos corajosas? Tínhamos apenas 10 anos de idade e acabávamos de descobrir o cadáver da nossa amiga, mas cada uma de nós desempenhou sua função sem chorar nem gritar.

Pelo menos as outras três meninas eram mesmo valentes.

Para as duas meninas que iam à casa de Emily e à delegacia, era mais perto sair pela porta dos fundos da escola, então, uma vez fora da área da piscina, elas atravessaram o playground e correram para o portão atrás do ginásio. Eu fui sozinha até o prédio da escola. Havia dois prédios da escola, lado a lado. O que dava de frente para o playground era o Prédio n° 2, o que dava para a entrada principal era o n° 1. A sala dos professores ficava no primeiro andar do n° 1.

Com frequência, as pessoas pensam, erroneamente, que os professores têm folga no verão, mas não é verdade. Enquanto as crianças estão de férias, todos os professores vêm trabalhar normalmente, das oito da manhã às cinco da tarde. Como nas empresas normais, eles têm certa licença remunerada durante esse tempo e folgam no feriado de Obon.

Assim, mesmo durante as férias de verão, deveria haver alguns professores na sala deles, pelo menos num dia de semana. Mas, como disse, o assassinato aconteceu em 14 de agosto, no meio dos três dias do feriado de Obon. Os professores estavam todos de folga. Se tivesse sido de manhã, deveria haver no mínimo um professor na escola, que teria passado para resolver alguma coisa. Mas já tinha passado das seis da tarde.

Corri até o Prédio n° 1, mas todas as cinco portas, inclusive a da entrada principal, estavam trancadas. Então, fui até o pátio entre os dois prédios, até as janelas da sala dos professores. Mesmo sem ficar na ponta dos pés, eu podia ver dentro da sala por uma fresta nas cortinas brancas fechadas, mas não vi ninguém.

Subitamente, me vi tomada pelo terror. O homem que tinha matado Emily poderia estar sozinho na escola comigo... Será que ele estaria escondido por perto, esperando para me agarrar e me tornar sua próxima vítima?... Antes que eu me desse conta, saí correndo a toda velocidade. Corri para fora do pátio, passei pelo portão principal e voei para casa sem parar nem uma vez. Ao chegar em casa, mal diminuí a velocidade, chutei meus sapatos de lado, corri para o meu quarto, bati a porta e puxei as cortinas. Subi na cama, cobri-me com as cobertas e fiquei ali deitada, tremendo. *Estou com medo... medo, medo.* Só conseguia pensar nisso.

Depois de um tempo, minha mãe entrou correndo no quarto. "Ah, aí está você!", ela disse, e puxou as cobertas de mim. "Que raios aconteceu?", perguntou. Minha mãe estava fora, fazendo compras, quando cheguei em casa; soubera que algo terrível tinha acontecido na escola fundamental e fora direto para lá. No meio daquele tumulto, procurou por mim, mas, não me encontrando, foi para casa, pensando que precisava contar para o meu pai. Quando viu meus sapatos na entrada, jogados de lado, correu para o meu quarto.

Por entre lágrimas, contei a ela o que tinha acontecido: que Emily estava morta dentro do vestiário da escola. "Por que você não contou a ninguém e se escondeu desse jeito, debaixo das cobertas?", ela perguntou, num tom acusatório. "Porque fiquei apavorada", eu estava prestes a dizer, quando, de repente, pensei nas outras crianças.

Eu devia ser a equilibrada, a confiável, e, se tinha fugido assustada, as outras também deveriam ter feito isso. Mas minha mãe contou que tinha sabido pela mãe de Akiko.

Akiko, com a cabeça sangrando, acompanhada pelo irmão mais velho, tinha chegado em casa e contado para a mãe: "Aconteceu uma coisa terrível com a Emily na piscina", e quando a mãe dela estava indo verificar aquilo, deu com minha mãe, então as duas foram juntas para a escola. Ao longo do caminho, passaram por Sae, carregada nas costas da mãe, a caminho de casa.

Segundo minha mãe, ao chegarem à piscina, encontraram a mãe de Emily e o policial local junto com Yuka, que, embora sempre um pouco tímida, contou claramente o que tinha acontecido.

"O que você estava fazendo?", minha mãe perguntou. "É com você que todo mundo conta, principalmente numa hora dessas. O que você acha que estava fazendo, escondida aqui? Que vergonha!"

"Que vergonha, que vergonha..." Enquanto repetia isso, ela me batia sem parar na cabeça e nas costas.

"Sinto muito", eu dizia, chorando, embora não entendesse, de fato, para quem eu estava me desculpando, nem por quê.

Acho que os senhores entendem a situação. Eu era a única que tinha fugido, enquanto as outras três fizeram exatamente o que se esperava que fizessem. Deve ter sido muito assustador contar à mãe de Emily que ela estava morta. E explicar tudo ao patrulheiro, um homem taciturno, com uma expressão de dar medo. Mas ficar com o cadáver, isso deve ter sido o mais apavorante de tudo.

Agora eu sabia que era uma completa covarde. Não apenas isso, mas o assassinato tinha levado mais alguma coisa, algo muito importante, de mim.

Meu próprio motivo de existir.

A polícia interrogou-me a sós sobre o assassinato de Emily, mas, em geral, nós quatro fomos interrogadas juntas, ou na presença dos nossos pais e professores. De que lado o homem veio? Qual foi a primeira coisa que ele disse quando abordou vocês? Como eram suas roupas, seu físico, seus traços faciais? Ele lembrava alguém, algum artista famoso?

Fiz o possível para me lembrar do dia do assassinato e dar o exemplo ao responder às perguntas deles, tentando compensar minha sensação de culpa por ser a única que tinha fugido. Minha mãe, que havia ido comigo, ficava cutucando minhas costas, às escondidas, incitando-me a "falar em nome das outras meninas".

Mas fiquei chocada com o que ouvi. Quando as outras meninas responderam às perguntas, todas elas me contradisseram.

"O homem vestia um uniforme de trabalho cinza."

"Não, não era cinza, era um tom esverdeado."

"Acho que ele tinha um tipo de olhos estreitos."

"Huumm, não acho que fossem tão estreitos."

"Ele tinha uma expressão bondosa."

"Nem pensar. Ele olhou para você desse jeito porque prometeu comprar sorvetes para a gente."

Foi assim que a coisa transcorreu. Mesmo depois que Emily passou a ser a líder do nosso grupo, as outras três nunca tinham contradito nenhuma das minhas opiniões, mas agora olhavam para mim com aquela expressão *Do que você está falando?* no rosto, negando tudo o que eu dizia. Além disso, embora contradissessem o que eu falava, todas as três insistiram que *não conseguiam se lembrar do rosto do homem*. Não conseguiam se lembrar do rosto dele, mas tinham certeza que minhas lembranças estavam todas erradas.

Elas deviam saber que eu era a única que tinha fugido. Nenhuma delas me criticou diretamente por isso, mas sei que no fundo estavam zangadas e me desprezavam.

Você sempre se dá tanta importância, pensavam, *mas acabou se revelando a mais covarde de todas. Portanto, não se exiba.*

Se fosse só isto, eu não deveria ter a consciência tão pesada, embora me sentisse realmente envergonhada. Quero dizer, eu *tinha* tentado ir à sala dos professores. Meu maior pecado nesse caso todo não era o fato de ter fugido.

Eu tinha cometido um pecado ainda maior, e hoje é a primeira vez que confesso isso.

Eu me lembrava do rosto do criminoso, mas neguei.

Quando vi como as outras três meninas, embora afirmassem se lembrar claramente de tudo, desde a hora em que o homem nos chamou até a hora da descoberta do corpo, sacudiram a cabeça e disseram que não conseguiam se lembrar do mais importante de tudo, o rosto do homem, fiquei perplexa. Como é que uma pessoa conseguia se lembrar de tudo, *menos* do rosto do homem? Não consegui aceitar isso. Fiquei com raiva por elas refutarem as minhas opiniões, já que eu estava dizendo a verdade. E pensei em dizer isso a elas. Das quatro, eu achava que eu era a melhor aluna e, intimamente, caçoava delas como um bando de idiotas ignorantes.

Mas pensar que eu era a mais covarde de todas... Ao pensar nisso, me veio uma ideia. Cada uma das três tinha desempenhado, sozinha, a tarefa que lhe foi atribuída. Isso deve ter sido muito mais apavorante do que quando nós quatro encontramos o cadáver. E, talvez, aquele pavor tivesse apagado das suas mentes qualquer lembrança do rosto do homem.

Eu me lembro do seu rosto porque, depois de encontrar o corpo, fui a única que *não fez nada*.

Perguntaram-nos o que cada uma de nós fez depois da descoberta do corpo, e eu respondi que, uma vez que não havia ninguém na sala dos professores, decidi ir para casa contar a um adulto o que tinha acontecido. Havia uma porção de casas entre a escola e a minha. Até havíamos visto a boneca francesa de uma delas, mas passei por esses lugares, fui direto para minha casa e, mesmo com meu pai e outros parentes ali, não disse uma palavra a ninguém.

Se tivesse contado a alguém, eles poderiam ter reunido mais informações de testemunhas oculares sobre o homem. Esse pensamento só me ocorreu recentemente.

Concluí, então, que seria pior dizer que me lembrava do rosto do homem. Se eu fosse a única a responder com precisão, a polícia e meus professores perceberiam que fui a única a não fazer nada e me atacariam por isso.

Mesmo assim, não me arrependi de dizer que não conseguia me lembrar do seu rosto. Na verdade, logo depois, fiquei satisfeita por ter feito isso.

Porque eles não pegaram o assassino. Se, digamos, apenas eu dissesse que me lembrava de como ele era, e o assassino ficasse sabendo, tinha certeza de que seria a próxima a ser morta. Dizendo não me lembrar, estava protegida.

Talvez aquele tenha sido o período das nossas vidas em que deixamos de ser amigas de outras crianças apenas por terem a mesma idade e morarem perto para, então, procurarmos amigas por conta própria, que compartilhassem interesses e ideias semelhantes. Ou vai ver fosse só por não querermos nos lembrar do assassinato. Mas, depois de tudo, nós quatro não brincamos muito juntas.

Quando fui para a quinta série, entrei no time de vôlei. Na sexta, concorri para vice-presidente do conselho estudantil e fui eleita. Como o presidente era sempre um menino, minha mãe insistiu para que eu concorresse a vice-presidente. Fiz novos amigos, descobri novas áreas para me dedicar e me esforcei para limpar meu nome. Nas séries finais do ensino fundamental, também tomei a iniciativa de entrar para o diretório estudantil e fui muito ativa em atividades de voluntariado local.

As pessoas diziam, ainda mais do que antes, que eu era uma menina *equilibrada e confiável.*

Não reconheci meu comportamento como uma reação escapista, e, observando, de longe, as outras três meninas – Sae, sempre tremendo de medo; Akiko, que continuava se recusando a ir para a escola; e Yuka, que se tornou uma delinquente, saindo à noite e roubando em lojas –, convenci-me de que, de todas nós, era eu que tinha me recuperado melhor do assassinato. Eu tinha me convencido de que fizera todo o possível depois do assassinato.

Quer dizer, até aquele dia.

Três anos depois do assassinato de Emily, seus pais mudaram-se de volta para Tóquio. A mãe dela disse que não deixaria a cidade até o assassinato ser solucionado, mas seu marido foi transferido para Tóquio e ela não teve escolha. A mãe de Emily ficou tão devastada pela morte da filha que adoeceu por um tempo, e era ela, logicamente, quem mais esperava que o caso fosse resolvido. Mas ficar para trás, procurando o assassino sozinha, estava além do seu alcance.

Foi no verão, na sétima série, que a mãe de Emily, alta, elegante e linda como uma atriz, convidou a todas nós para ir à sua casa. Antes de ir embora, ela queria, mais uma vez, perguntar-nos sobre o que havia acontecido naquele dia terrível. "Esta vai ser a última vez", disse. Não pudemos recusar.

O motorista de seu marido foi nos buscar em casa, uma por uma, num carro imenso, e partimos para a casa de Emily, no prédio de apartamentos da empresa Adachi, lugar que nós quatro só havíamos visitado juntas naquela única vez, tempos atrás. Aquela era a primeira vez, desde o assassinato, que fazíamos alguma coisa juntas, mas no carro não tocamos nesse assunto. "A que clubes vocês pertencem?", perguntamos umas às outras. "Como foram seus exames finais?" Temas inofensivos.

A mãe de Emily estava sozinha em casa.

Era uma tarde ensolarada de sábado. Ficamos em uma sala que parecia um hotel de luxo em Tóquio, com uma vista de toda a cidade, e ela nos serviu chá e bolos encomendados na capital, contendo todos os tipos de frutas das quais eu nunca tinha ouvido falar. Se pelo menos Emily estivesse lá, teria sido uma festinha de despedida muito elegante, mas Emily tinha sido assassinada, e uma sensação pesada e opressiva, que não combinava com o tempo ensolarado, pairava sobre nosso encontro.

Depois de terminarmos os bolos, a mãe de Emily nos pediu para contar sobre o assassinato. Eu fui a que mais falou, mas, depois de todas as quatro terem falado brevemente sobre aquele dia, a mãe de Emily subitamente explodiu numa voz alta e histérica.

"*Já chega!* Vocês ficam repetindo a mesma estupidez sem parar. *Não consigo me lembrar do rosto dele, não consigo me lembrar do rosto dele.* Por serem tão idiotas, passaram-se três anos e eles não prenderam o assassino. Emily foi morta porque brincava com idiotas como vocês. A culpa é de *vocês*. Todas vocês são *assassinas*!"

Assassinas. Em um segundo o mundo mudou. Tínhamos sofrido nos anos que se seguiram ao assassinato, e não apenas não tínhamos sido recompensadas por passar por tudo aquilo como, agora, estávamos escutando que era *nossa* culpa que Emily tivesse sido morta.

Sua mãe continuou: "Jamais perdoarei vocês, a não ser que encontrem o assassino antes da prescrição. Se não conseguirem fazer isso, então se redimam do que fizeram de um jeito que eu aceite. Se não fizerem nenhuma das duas coisas, digo aqui e agora que *vou* me vingar de cada uma de vocês. Tenho muito mais dinheiro e poder do que seus pais, e farei com que sofram muito mais do que a Emily jamais sofreu. Sou mãe dela, e a única que tem esse direito".

A mãe de Emily estava, naquele momento, muito mais assustadora do que o homem que tinha matado sua filha.

Sinto muito, mas realmente me lembro do rosto do homem.

Se pelo menos eu tivesse dito isso, então, poderia não estar aqui hoje, diante dos senhores. Mas, infelizmente, àquela altura eu tinha mesmo esquecido o rosto do homem. Para começo de conversa, não era um rosto muito marcante, e eu tinha repetido para mim mesma, vezes sem fim, que não me lembrava dele. Três anos era tempo mais do que suficiente para que seus traços sumissem da minha mente.

No dia seguinte, a mãe de Emily foi embora da cidade, deixando aquela promessa terrível feita a nós quatro. Não sei o que as outras meninas pensaram, mas fiquei desesperada para bolar uma maneira de evitar sua vingança.

Pegar o criminoso me pareceu impossível, então escolhi a outra opção, realizando um gesto de penitência que satisfaria a mãe de Emily.

★ ★ ★ ★ ★

Agora, espero que os senhores entendam por que eu consegui pular em um invasor brandindo uma faca, mesmo sendo tão covarde. Foi somente por causa dessas experiências que tive no passado.

O Sr. Tanabe nunca teve essas experiências. Essa é a única coisa que nos diferencia. Fui tratada como heroína enquanto ele foi condenado.

Então o Sr. Tanabe deveria ser culpado pelo incidente?

O invasor entrou por uma cerca que separava a piscina do pomar de tangerinas. As pessoas vivem falando sobre medidas de prevenção ao crime, mas onde é que existe uma escola rodeada por cercas altas, como uma prisão? Este país é suficientemente rico para instalar câmeras de segurança que cubram cada centímetro de cada escola pública? Ou, colocando de outra maneira, antes do ataque, alguém aqui tinha consciência de que a segurança tinha piorado o bastante para exigir esse tipo de providência?

Não acredito que ninguém, em nossas patrulhas de vigilância dos cidadãos, que já faltou ao seu turno fingindo estar doente, tenha o direito de criticar o Sr. Tanabe. No entanto, todas as frustrações acumuladas com o tempo levaram pessoas a atacá-lo. Atendi, na escola, a ligações telefônicas de reclamações, e, como moro no mesmo dormitório para professores solteiros, vi os bilhetes caluniosos colados em sua porta. A linguagem, em algum deles, é tão horrorosa que mal dá para ler, o que me leva a imaginar se quem os escreveu deixaria, um dia, que fossem lidos por seus filhos. O telefone e o celular do Sr. Tanabe tocam tarde da noite, e até escutei o que parece ser ele atirando o telefone contra a parede. Alguém também arrebentou o para-brisa do seu carro, no estacionamento.

Por causa disso, como tenho certeza de que todos aqui sabem, o Sr. Tanabe não está em condições emocionais de ficar diante dos senhores hoje.

Que raios o Sr. Tanabe fez de errado? Se os senhores estiverem bravos porque seus filhos se viram numa situação terrível, por que não denunciam o homem que realmente os atacou? Os senhores evitam fazer isso porque ele era um homem de 35 anos, desempregado, que tinha estado em um hospital psiquiátrico? Ou por ser filho de um membro da Diet, a pessoa mais poderosa deste distrito?

Ou... era simplesmente mais fácil culpar o Sr. Tanabe?

Sou apenas sua colega de trabalho, mas até eu senti empatia por ele. Conseguem imaginar como sua namorada, alguém com quem ele está comprometido para casar, deve ter se sentido?

Como os senhores sabem, o Sr. Tanabe é alto e bonitão, bem atlético, graduado em uma universidade nacional, e era muito popular com seus alunos, bem como com os pais deles. Quando eu visitava as casas de alguns dos alunos, algumas mães chegavam a deixar sua preferência explicitamente clara, contando-me que gostariam que quem tivesse ido fosse o Sr. Tanabe. Dá para os senhores imaginarem como ele era popular entre as professoras. Certa vez, em uma reunião com outras escolas, uma das professoras presentes chegou a me perguntar se o Sr. Tanabe estava saindo com alguém.

Posso imaginar a vontade das pessoas de me perguntar: "Você não gosta dele também?". Na verdade, acho que ele é um pouco difícil de lidar. Assim que fui contratada pela escola, o Sr. Tanabe me disse: "Sempre que quiser saber alguma coisa, fique à vontade para me perguntar". Essa foi a primeira vez na minha vida que alguém me disse algo parecido, e fiquei animadíssima. Mas realmente não sei depender de outras pessoas. Sei que deveria ter confiado nele para me ajudar em qualquer coisa que eu não conseguisse fazer, mas o fato é que não houve nada que eu não conseguisse fazer.

E conforme fui conhecendo-o melhor, como colega, comecei a pensar que, na verdade, não gostava dele. O Sr. Tanabe era muito parecido comigo. E eu me detestava.

O fato de ser boa academicamente e nos esportes não é, necessariamente, um critério claro do caráter de uma pessoa. O porte físico de alguém não tem nada a ver com isso, mas se você for grande, fisicamente, e puder manejar as coisas muito bem, as pessoas começam a considerá-lo competente e confiável.

O Sr. Tanabe também deve ter escutado desde criança que era muito *competente*. Sendo menino, talvez tenha escutado isso ainda mais do que eu.

Acho que ele ficou excessivamente consciente disso, de ser uma pessoa competente. Quando acontecia um problema em sua classe, em vez de conversar com outros professores da mesma série, ele se esforçava para resolvê-lo sozinho. E até metia o nariz nos problemas de outras classes, tentando dar conselhos.

Tenho tendências parecidas. Então, imagino que o Sr. Tanabe também tenha achado difícil se dar bem comigo.

A mulher com quem o Sr. Tanabe estava saindo era baixa, esbelta, frágil, como uma boneca. Era tão boa com computadores que uma vez brincou que tinha infectado a polícia com um vírus, mas uma vez, quando o Sr. Tanabe estava passando, pediu a ele para mostrar como se usava a impressora. Ele só imprimiu algumas páginas para ela, mas, em sua próxima folga, ela apareceu no quarto dele, no dormitório, com alguns doces caseiros para lhe agradecer pela ajuda. Quando vi o Sr. Tanabe convidando-a, bem feliz, a entrar, foi a primeira vez que percebi que, afinal de contas, não era tão difícil confiar nos outros.

Não senti ciúmes dela, mas ela me lembrou uma das minhas amigas que estava comigo no dia do assassinato, e eu soube que não era o tipo a quem eu fosse muito chegada. Essa mulher era a Srta. Okui, enfermeira da escola.

Logo depois que Sekiguchi caiu na piscina, usei o ramal para chamar a sala dos professores. Disse a eles: "Um homem invadiu a área da piscina e alguém saiu ferido. Chamem uma ambulância". Quando fiz isso, o primeiro a correr para a piscina não foi um professor robusto, e sim a Srta. Okui, a que tem aparência de boneca. Ela deve ter reagido mais à notícia de que alguém estava ferido do que à ideia de que havia um invasor ali. Talvez todos os professores homens estivessem ocupados à procura de alguma coisa que pudesse ser usada como arma.

No dia seguinte ao que o Sr. Tanabe tomou uma overdose de soníferos e foi levado às pressas para o hospital, a Srta. Okui ligou para a imprensa e disse que achava que minha reação tinha sido exagerada. Mais tarde, no mesmo dia, saiu o seguinte artigo em um site de uma revista semanal. Não digam que não viram.

Esta professora é vista como heroína por ter tido a ousadia de pular contra o intruso para proteger seus alunos, mas precisaria, de fato, ter ido tão longe a ponto de tirar a vida de um homem? Todas as crianças tinham corrido para um lugar seguro, mas a cada vez que o homem, gravemente ferido na coxa, tirava o rosto para fora d'água, ela o chutava como se fosse uma bola de futebol, fazendo com que afundasse no fundo da piscina até não mais levantar o rosto. O professor que estava no local, sofrendo tanto por causa dos socos que tinha levado que não conseguia sair da água, viu-se cara a cara com um verdadeiro inferno, uma vez que a piscina transformou-se num mar de sangue. Quem foi, na verdade, que tirou desse professor a vontade de voltar um dia a dar aula?

Era para eu ser uma heroína, mas, depois desse artigo, fui subitamente vista como uma assassina.

É bem interessante perceber como o poder do amor pode mover a opinião pública.

Penso que todos os senhores devem estar felizes quanto a isso, porque agora têm um novo objeto de desprezo. Foram os senhores que puseram o Sr. Tanabe contra a parede, mas agora sentem pena dele, fazendo parecer que fui eu quem fez isso. E agora os senhores me culpam por toda a incompetência demonstrada por suas crianças em face do acidente, afirmando ser minha culpa que elas mal falassem e estivessem tendo problemas para se concentrar. Acho que foi uma válvula de escape para todos os senhores, uma maneira de aliviar seu próprio estresse cotidiano. Quando alguém pediu que eu pagasse pela substituição da toalha ensopada de sangue, não consegui acreditar.

Despeçam a professora assassina! Fique de quatro e peça desculpas! Assuma responsabilidade pelo que fez!

O que explica por que estamos tendo esta inesperada reunião da Associação de Pais e Mestres hoje, e por que estou aqui, em pé, perante os senhores. Mas me pergunto se o motivo de eu ter sido atacada desse jeito seja o fato de nenhuma das crianças ter morrido.

Os senhores acham que chutei até a morte um pobre rapaz doente e fraco a troco de nada?

Teria sido melhor, para mim, esperar até que ele tivesse matado quatro ou cinco pessoas? Deveria ter seguido o exemplo do meu colega covarde, fingir que fui empurrada para dentro da piscina e me esconder ali, em silêncio, enquanto ele atacava as crianças?

Ou os senhores teriam ficado satisfeitos se eu tivesse morrido juntamente com o homem?

Eu gostaria de jamais ter salvado seus filhos.

Logo depois do início do ataque, o homem se esfaqueou e caiu na piscina, portanto, existe aqui uma questão que precede qualquer alegação de legítima defesa. Mas quis a sorte que o pai do homem fosse uma pessoa influente nesta região, portanto, ao que parece, um mandado de prisão está prestes a ser expedido contra mim.

Talvez, entre os senhores, haja um gentil detetive dando-me a chance de terminar de falar. Se esse for o caso, tem mais uma coisa que eu gostaria de dizer.

No site da revista semanal, foi dito "*a cada vez* que o homem tirava o rosto da água", mas, para ser precisa, chutei-o apenas uma vez. Portanto, se isso for levado a julgamento, a questão é se, naquele único chute, havia ou não uma intenção assassina. Quando penso que os jurados podem vir do meio dos senhores, estremeço.

Não vou revelar nenhum fato a mais para os senhores. Não teria sentido. O que vou dizer agora é dirigido a uma pessoa específica entre os senhores.

Gostaria de lhe agradecer mais uma vez, por ter vindo de tão longe para estar aqui hoje.

Asako,

Para mim, a penitência que você colocou em nós significa que eu deveria crescer para ser uma boa pessoa, o tipo de que Emily ficaria orgulhosa. Eu sabia que não era realmente confiável, que não era competente, mas, como penitência, participei do grêmio estudantil nas séries finais do ensino fundamental, fui presidente de classe no ensino médio, também fui capitã do time de vôlei, estudei muito e fui à faculdade.

Fui para uma faculdade nesta parte do país porque queria morar perto do mar. Senti que uma cidade próxima ao oceano, de onde se pudesse ver o Pacífico, traria uma sensação de liberdade e amplitude muito maior do que a limitada cidadezinha de vale que eu chamava de lar. Enganei-me quanto a isso, mas nunca pensei em voltar para a minha cidade natal.

Depois de me formar na faculdade, consegui um cargo como professora de escola fundamental.

Para dizer a verdade, não sou tão chegada a crianças, mas, se gostasse do meu trabalho, isso não se constituiria em penitência. Senti que teria que me colocar no tipo de lugar em que tinha falhado e fazer o meu melhor ali.

Faz apenas pouco mais de dois anos que comecei o trabalho, mas sempre vim trabalhar antes de todos, sempre fiz questão de escutar todas as bobagens que as crianças tinham a dizer, sempre respondi adequadamente às reclamações inúteis que os pais poderiam ter e sempre prestei atenção para realizar qualquer trabalho burocrático que precisasse ser feito naquele dia, mesmo que isso significasse ficar até mais tarde.

E estava farta, bem farta disso. Não aguentava mais e tinha vontade de chorar. Mal conseguia me impedir de dar o fora. Não me faltavam amigas com as quais eu pudesse me lamentar. Cheguei a falar com algumas pessoas da minha equipe de vôlei da faculdade, mandar e-mails despejando minhas reclamações sobre o trabalho, mas elas só compartilharam queixas parecidas.

"Não é do seu feitio reclamar assim, Maki. Aguente firme!"

Mas, seja como for, o que significa ser *do meu feitio*? Significa que eu pareço ser controlada, quando na verdade não sou? As únicas pessoas que conhecem meu verdadeiro eu são as três meninas da época do assassinato. Elas e ninguém mais. Quando percebi isso, comecei a sentir falta delas, alucinadamente.

Não tenho mais nada a ver com as três, diretamente, mas minha irmã mais nova, que foi para uma escola vocacional lá perto e continuou na nossa cidade, me dá relatos do que as outras estão fazendo.

Soube que Sae casou e foi viver no exterior. Aparentemente, seu noivo era alguém da elite. Akiko continua como antes, bem fechada, mas minha irmã a viu levando o filho do irmão mais velho para fazer compras e ela parecia estar se divertindo. Yuka voltou para casa e está esperando um bebê, que nascerá logo.

Foi o que eu soube sobre elas, no começo do mês passado. Isso fez com que eu me sentisse estúpida de repente, sofrendo como estou para cumprir minha penitência. Todas as outras parecem ter esquecido por completo o assassinato e a promessa feita a você.

Pensando com calma, no entanto, parece improvável que você fosse realmente se vingar de nós, caso não mantivéssemos nossa promessa. Você deve ter nos dito aquilo para impulsionar nosso nível de determinação.

Sou a única que permaneceu obcecada pelo assassinato. A única que foi estúpida o bastante para tomar você ao pé da letra e viver pela minha penitência. Pelo menos, é o que me parece.

Me senti idiota por continuar trabalhando tanto quanto trabalhava, e comecei a relaxar no emprego. Quando alguns pais não pagam a taxa de lanche escolar, devemos fazer uma visita a eles, mas agora eu simplesmente ignoro isso. Quer dizer, não sairia do meu salário, sairia? Quando recebo telefonemas pela manhã, a respeito de crianças que vão ficar em casa por não estarem se sentindo bem, não insisto no assunto para verificar se é uma doença de verdade ou se estão fingindo. Só coloco um sinal de ausente. Quando as crianças entram numa discussão idiota, xingando umas às outras, apenas deixo que continuem até se acalmarem. Foi assim que passei a lidar.

Depois que adotei essa postura, as coisas ficaram bem mais fáceis. E parece que as crianças gostam mais de mim. Talvez, exigindo tanto de mim mesma, também as tenha deixado desconfortáveis e sufocadas à minha volta.

Justo naquela época, o nome de uma das meninas, Sae, apareceu no noticiário da TV. Diziam que, logo depois de casada, ela tinha matado o marido, uma espécie de pervertido sexual. Não muito depois disso, recebi uma carta sua, enviada para a casa dos meus pais. Você não escreveu nada, apenas colocou a cópia de uma carta que lhe foi escrita por Sae.

Pela primeira vez eu soube como Sae havia se sentido nestes últimos quinze anos. Minha ordem insensível para que ela tomasse conta do cadáver de Emily resultou numa vida de medo que eu jamais teria imaginado. Se ao menos eu tivesse voltado para a piscina depois de encontrar a sala dos professores vazia...

À sua própria maneira, Sae tinha mantido a promessa de fazer penitência. Ela adorava aquelas bonecas francesas e, de nós quatro, era a que mais se parecia com uma delas, tão calada e de comportamento tão suave. Ainda assim, foi muito mais corajosa do que jamais fui.

Mesmo depois de quinze anos, eu ainda era a mais covarde de todas.

E então aquele homem invadiu nossa escola. Como eu disse, era um dia lindo e ensolarado de verão na piscina da escola. E os que estavam prestes a ser atacados bem na minha frente eram alunos da quarta série. Tantas das condições eram as mesmas de quinze anos atrás que isso me levou a pensar que talvez você tivesse planejado tudo aquilo, que estava à espreita, observando o desenrolar da coisa.

Fugir significava que nunca conseguiria escapar àquele assassinato, mesmo depois da prescrição. Dessa vez, não hesitei. Seria melhor terminar esfaqueada, decidi, do que viver o resto da vida como covarde.

Ao pensar nisso, eu já estava correndo desembestada em direção a Sekiguchi.

Soube em um instante, então, por que tinha virado uma professora de escola fundamental. O treinamento intensivo que sofri na equipe de vôlei, tudo tinha levado a esse dia. Agora era a minha única chance de recuperar o que havia perdido. Era nisso que pensava ao pular nas pernas de Sekiguchi.

Nunca me passou pela cabeça derrubar Sekiguchi ou matá-lo. Tudo o que eu pensava era: *Não posso deixar as crianças que estão comigo serem mortas. Tenho que protegê-las a todo custo. Desta vez, tenho que fazer o que precisa ser feito.*

Existe um ponto no depoimento da Srta. Okui que preciso corrigir. Ela disse que *todas as crianças tinham corrido para um lugar seguro*, mas, quando o homem estava tentando sair da piscina, ainda havia uma criança ali ao lado. Ikeda, o menino que tinha sido esfaqueado. E a Srta. Okui estava com ele. Não acho que ela fosse capaz de proteger Ikeda. E eu nem queria que ela o fizesse. Só havia uma pessoa que poderia lidar com aquilo. Eu.

Acho que finalmente entendo os sentimentos do Sr. Tanabe. Talvez tenha sido *mesmo* minha culpa ele ter tomado aqueles soníferos.

Ikeda gritava: "Está doendo! Está doendo!". A toalha pressionada em seu ferimento tinha ficado vermelha. Tive um súbito pensamento: *Será que Emily também tinha gritado ao ser atacada por aquele homem?* Desde o assassinato, eu andava obcecada pela minha própria covardia e imaginava o medo que as outras três meninas deviam ter sentido para compará-lo com meu próprio medo.

Mas nunca pensei em Emily e em como ela deve ter se sentido.

Ela deve ter sentido o maior pavor de todos. Deve ter gritado por socorro repetidamente, e, no entanto, não fomos ver como ela estava. Emily... Sinto muitíssimo. Esta foi a primeira vez em que pensei nisso.

Ao mesmo tempo, eu não permitiria que um pervertido, um adulto, atacasse crianças frágeis e indefesas. Nossas vidas tinham sido arruinadas por um adulto idiota, e nem em pensamento eu deixaria aquilo acontecer de novo.

O homem já tinha erguido sua perna sadia para cima do deque junto à piscina. A ideia de que tal adulto existisse me deixou tão nervosa que disparei em sua direção.

O rosto inexpressivo e molhado de Sekiguchi se sobrepôs, na minha mente, ao do homem de quinze anos atrás. Chutei aquele rosto com toda a força que tinha, e, naquele instante, senti que minha penitência estava completa. Que eu tinha cumprido minha promessa.

Mas não era isso o que eu realmente precisava fazer para manter minha promessa. A penitência de um covarde só se completa quando ele se adianta e confessa.

No instante em que chutei o rosto de Sekiguchi, o rosto do homem de quinze anos atrás surgiu, claramente, na minha memória.

Nos últimos anos, tenho tido a sensação de que o assassino de Emily, com seus olhos amendoados e rosto lúcido, era bonito. Naquela época, quando a polícia me perguntou se o homem me lembrava alguma celebridade, não consegui pensar em nenhuma. Agora, no entanto, poderia listar algumas. Aquele coadjuvante na série de TV de quinta-feira à noite, ou aquele príncipe Fulano, que é pianista de jazz, ou aquele ator *kyogen*... Todos jovens.

Como Sae disse na carta, o homem não era tão velho na época, não do tipo que chamaríamos de "tio".

Mas quando reflito sobre como deve estar aquele rosto quinze anos depois, nenhuma celebridade me vem tanto à mente quanto Hiroaki Nanjo, o homem que dirige aquela escola alternativa para excluídos. O que apareceu no noticiário quando houve um incêndio criminoso em sua escola, no verão passado. Não me entenda mal, não estou acusando o Sr. Nanjo de ser o assassino.

Tem outra pessoa com quem o assassino se parece ainda mais. Mas acho que dizer o nome em voz alta é insensato. Essa pessoa não está mais viva, então não direi.

Espero, de todo coração, que isso possa ser uma pista que ajude na captura do assassino.

Mas você realmente quer isso?

Sinto-me, sinceramente, péssima, por você ter perdido sua preciosa filha, sua única filha. Sei que quinze anos atrás, e mesmo hoje, você é quem mais tem rezado para que o assassino seja finalmente pego. Mas não foi um erro fazer aquelas meninas, que estavam brincando com a sua filha, encararem toda a tristeza que você sentiu por perdê-la? E encararem sua ansiedade, sua sensação de impotência porque o assassino ainda estava solto?

Sae e eu continuamos nas garras daquele assassinato todos esses anos não por causa do assassino, mas por *sua* causa, Asako-san. Concorda comigo? Não foi por isso que você veio até aqui, para testemunhar a penitência de uma daquelas crianças de anos atrás?

Ainda têm mais duas de nós. Minha esperança é que os atos equivocados de penitência terminem aqui. No entanto, não há nada que eu possa fazer a respeito.

Nada que eu possa fazer... Gosto do som disso.

Isso é tudo o que tenho a dizer. Não me levem a mal, mas não responderei a perguntas...

Os irmãos urso

Eu amava de verdade meu irmão mais velho. Foi ele quem me ensinou a fazer acrobacias na barra fixa, a pular corda e a andar de bicicleta. Sou bem coordenada, mas levo um tempo para aprender as coisas; mesmo assim, meu irmão nunca ficou nervoso. Era sempre paciente, ensinando-me até eu fazer direito, até escurecer.

"Vai firme! Só um pouco mais! Sei que você consegue, Akiko!" Era assim que ele me animava.

Mesmo agora, quando contemplo o pôr do sol, posso ouvir a voz do meu irmão me encorajando. E naquele dia, também, foi meu irmão quem veio me buscar.

Aquele dia? Estou me referindo ao dia em que Emily foi assassinada.

Você é uma terapeuta profissional, certo? Você me disse que queria ouvir sobre o assassinato, então é sobre isso que vou te contar. Por onde começo? As outras três meninas são muito mais confiáveis do que eu, e mais inteligentes, então seria bem mais fácil se você tivesse perguntado a elas quando estávamos todas juntas. Você ainda quer ouvir minha história?

Tudo bem, então só vou contar sobre mais tarde, quando fiquei sozinha com Emily.

Mesmo assim, é meio esquisito que agora, depois de todo esse tempo, você queira ouvir sobre isso...

Ah, entendo. É porque a prescrição do assassinato será logo.

Naquele dia, eu estava de ótimo humor desde cedo. Na véspera, minha tia Yoko veio em casa, para o feriado de Obon, e me trouxe uma roupa nova de presente. Eu estava vestida com ela, e é por isso que estava tão feliz.

Minha tia trabalhava numa loja de departamento em uma das cidades grandes da região, e sempre comprava roupas para mim e para o meu irmão, para dar de presente quando voltava à nossa cidade. Até então, sempre tinham sido camisetas esportivas parecidas, para mim e para o meu irmão, ou outros tipos de roupas de menino. Mas naquele ano foi diferente. "Akiko, agora você está na quarta série", ela me disse, "que tal usar alguma coisa um pouco mais feminina?". Ela tinha me comprado uma linda blusa rosa com fitas e babados.

Era um modelo peludinho e brilhante, o tipo de coisa que uma menina rica usaria. "Tudo bem mesmo eu usar isso?", perguntei, mal acreditando enquanto levantava a blusa, fascinada, junto ao peito. À minha volta, meus pais e parentes caíram na risada.

"Tem certeza que você deveria dar isso para Akiko?", meu pai perguntou. Ele podia falar tão sem rodeios assim porque era sua irmã mais velha quem tinha comprado a blusa – dez vezes mais cara do que qualquer coisa que eu já tinha tido –, mas tenho certeza de que todos estavam pensando a mesma coisa. "Está uma gracinha", meu irmão disse em voz alta, mas até tia Yoko, que a tinha comprado para mim, sorriu com ironia, como se ela mesma estivesse em dúvida.

Embora não fosse tão robusta como sou agora, é claro, na época da escola fundamental eu já tinha ossos grandes e era sólida. Todas as minhas roupas eram herdadas do meu irmão, que era dois anos mais velho. Alguns dos meninos da classe caçoavam de mim, me chamando de mulher macho. Mas eu estava acostumada. Era sempre assim.

No entanto, poderia ter sido pior; pelo menos me tratavam como ser humano. Mas meus pais e parentes sempre diziam que nós dois éramos como um par de irmãos urso. Na verdade, no Dia dos Namorados e no seu aniversário, meu irmão sempre ganhava, das meninas, bugigangas do Ursinho Pooh. Elas diziam que ele lembrava o urso do livro de histórias. Meu irmão não era dos garotos mais populares, mas as meninas pareciam gostar mesmo dele, apesar da sua aparência.

Para os meninos é fácil. Mesmo que pareçam um urso, são populares, desde que consigam praticar esportes. E o fato de serem grandes não é uma desvantagem como é para as meninas.

"Se pelo menos você tivesse nascido menino, Akiko", minha mãe frequentemente me dizia. Ela não queria dizer que eu seria mais popular ou coisa assim, apenas lamentava ter que gastar um dinheiro extra numa roupa de ginástica para meninas e num maiô para eu usar na escola.

Pensando bem, eu estava conversando exatamente sobre isso com a Emily, naquele dia.

Eu tinha ido com meus parentes ao templo local, e depois do almoço descobri outras crianças com tempo sobrando, fazendo hora lá fora. Antes que eu me desse conta, o grupinho costumeiro de meninas tinha se reunido. Minhas colegas do distrito oeste, Sae, Maki e Yuka. Estávamos à toa em frente à lojinha de cigarros, só conversando, quando Emily veio descendo a ladeira em nossa direção. Disse que tinha nos visto da janela do seu apartamento. Sua casa ficava no ponto mais alto de toda a cidade.

Maki sugeriu que fôssemos jogar vôlei no playground da escola, então Emily voltou para casa para buscar sua bola de vôlei e eu fui com ela.

"Akiko, por que você não vai com a Emily?", Maki perguntou. "É que você corre rápido." Não que isso signifique que corri o caminho todo. Trazer a bola correndo era só uma desculpa para Maki poder fazer do jeito dela. Eu sabia disso, mas fazê-la ficar brava só daria confusão, e como eu sempre dependia dela, fiz o que pediu sem falar nada. Acho que as outras duas meninas sentiam a mesma coisa.

Então subi a leve ladeira com Emily de volta ao seu prédio imponente, parecido com um castelo. A gente brincava frequentemente desde que ela tinha sido transferida para nossa escola, em abril, mas essa era a primeira vez que estávamos só nós duas. Eu não era o tipo tagarela e não sabia sobre o que falar, então caminhei em silêncio.

"Essa blusa é mesmo uma graça", Emily disse de repente. "É da Pink House, né? Adoro as roupas deles."

Ela estava comentando minha blusa nova. Minha família tinha caçoado de mim, impiedosamente, quanto a usá-la, mas quando a usei no templo, pareceu, surpreendentemente, ficar bem em mim. Meu pai me provocou, dizendo: "Akiko, você parece uma menina!". Minha mãe, impressionada, comentou: "Alguém que trabalha numa loja de departamento com certeza sabe como escolher coisas bonitas!". Assim, eu estava num ótimo humor.

"Essa blusa é sua melhor roupa de domingo, então troque por outra roupa e saia para brincar", minha mãe disse depois que chegamos em casa, mas eu queria exibir a blusa para todo mundo, então fiquei com ela.

As meninas com quem eu sempre brincava, no entanto, não disseram uma palavra a respeito. Meu irmão sempre me explicava o que chamava de "as regras blindadas" do pessoal do campo. Entre elas, estava a de que você poderia ter inveja de coisas que de fato pudesse conseguir, mas deveria ignorar coisas que estivessem fora do alcance. Sem perceber isso, as outras meninas talvez estivessem pondo essa regra em prática. Ou vai ver não estavam nem um pouco interessadas no que eu estava usando. Não que eu mesma tivesse mencionado a blusa nova, porque não mencionei.

Mas Emily reparou na minha blusa. *Meninas de Tóquio elegantes como ela são mesmo diferentes*, pensei. O problema foi que, embora ela tivesse elogiado minha blusa, eu não fazia ideia da marca que havia mencionado, Pink House. Era constrangedor, mas queria saber mais a respeito, então perguntei. Ela me contou que a Pink House fazia um monte de roupas macias, peludinhas, com babados, fitas, corpetes e distintivos, como algo saído de *Anne de Green Gables* ou *Mulherzinhas*. "É uma marca", ela explicou, "que preenche os sonhos de meninas que gostam de coisas fofas".

Imaginei uma loja cheia de roupas fofas como aquela. *Adoraria ir lá*, pensei. Como seria maravilhoso ter uma cômoda cheia de roupas da Pink House! Só de imaginar, fiquei toda animada. Na verdade, eu adorava esse tipo de coisa bem menininha, embora sempre tivesse guardado segredo.

Afinal, ninguém espera que um urso seja "todo menininha".

Por um tempo, as bonecas francesas foram populares entre as meninas, e todas nós desenhávamos vestidos para elas. Uma tiara de ouro com uma fileira de corações, vestidos como um campo de flores com rosas espalhadas nas cores rosa e branca, sapatinhos de vidro... "Uau!", minhas amigas diziam, surpresas. "Akiko, você também pode vir com alguns vestidos bonitinhos!" Uma coisa bem grosseira de se dizer, se você pensar a respeito.

Mas isso demonstra o quanto eu estava longe de ser uma *gracinha*. Coisas fofas não ficam bem num urso. Então, eu gostava delas em segredo. Era mais do que suficiente para mim.

Por isso, o fato de Emily elogiar minhas roupas me deixou felicíssima. Mas ela foi em frente e disse: "Você tem sorte, Akiko, por essas roupas fofas ficarem bem em você. Minha mãe diz que eu não fico bem com elas e não compra."

Não parecia que ela estava caçoando de mim.

Roupas fofas ficam bem em mim, mas não em Emily? Nem pensar! Um modelo engraçadinho e fofo ficava bem nela, mas com seu porte esbelto e suas pernas longas, era verdade que um tipo de roupa mais elegante e discreta ficaria ainda melhor. Naquele dia, ela usava uma camiseta preta justa com um símbolo da Barbie e uma saia preguada vermelha, e ambas caíam muito bem nela.

No entanto, lá estava ela, uma menina como Emily, repetindo várias vezes o quanto invejava minha blusa nova. No começo, fiquei feliz, mas acabei ficando um pouco constrangida e dei uma desculpa esfarrapada:

"Minha tia trabalha numa loja de departamento e comprou esta blusa com um desconto de funcionária. Minha mãe jamais compraria uma coisa tão cara. Sempre herdo as roupas do meu irmão. Não reclamo, mas ela me diz que teria sido melhor se eu fosse um menino."

"Minha mãe diz a mesma coisa. *Se ao menos você tivesse nascido menino.*"

"O quê? Está brincando! Ninguém diria isso sobre você!"

"É verdade. E não foi só uma vez. Ela disse isso muitas vezes, parecendo mesmo desapontada. Detesto isso."

Emily fez um beicinho ao dizer isso, mas eu simplesmente não consegui acreditar. Com seus calmos olhos amendoados, é verdade que teria dado um menino bonito, mas, como menina, era mais do que bonita.

Mesmo assim, fiquei muito feliz que ela tivesse escutado a mesma coisa, e me senti mais próxima dela. Senti como se pudesse compartilhar meu gosto por coisas engraçadinhas e quis ser ainda mais amiga dela.

Até hoje, lamento que isso nunca tenha acontecido.

Enquanto continuamos resmungando sobre nossas mães, chegamos ao seu prédio. Entramos, passamos pelo zelador e pegamos o elevador para o sétimo andar, até o apartamento dela, que ficava na ala leste, bem na extremidade. "É só um quatro-LDK", ela me disse, "então é meio pequeno", mas eu não fazia ideia do que significava LDK, uma espécie de grande área englobando sala de visitas, de jantar e cozinha.

Emily apertou o interfone e sua mãe apareceu. Era tão linda – magra, alta, com olhos grandes e lindos, como uma atriz – que quase me senti mal por ela ser chamada de *mãe*, colocando-a na mesma categoria da minha própria mãe, baixa e atarracada. Entrei pela porta da frente, sentindo o frescor do ar condicionado, e esperei com a mãe de Emily enquanto ela ia até o quarto buscar a bola.

"Obrigada por ser amiga da Emily. Acho que está quente demais para jogar vôlei. Vocês deveriam brincar aqui dentro. Acabaram de me entregar uns bolos deliciosos. Convide as outras meninas, mais tarde."

Embora ela tivesse uma voz requintada e gentil, eu meio que me recolhi, e só consegui dar um sorrisinho como resposta. Até poderia ter me esquecido de respirar. Tudo na casa de Emily era tão obviamente caro que eu só conseguia pensar em tentar não fazer um movimento errado para não quebrar alguma coisa.

A primeira vez na minha vida em que me senti pouco à vontade foi na primeira tarde em que fui convidada para ir à casa de Emily.

Só de ficar parada na entrada, não conseguia relaxar. Em cima da sapateira havia um vaso, do tipo que te leva a pensar no Palácio de Versalhes, e, ao lado da porta de entrada, uma espécie de jarro de cerâmica, grande, branco, talvez um porta guarda-chuvas ou algum tipo de enfeite, que me lembrou o Parthenon.

Apesar disso, Emily veio pelo corredor batendo a bola.

"Preste atenção para voltar às seis horas. E cuidado com os carros", a mãe de Emily disse, fazendo um carinho em sua cabeça.

"Tudo bem, tudo bem, já entendi", Emily disse, sorrindo.

Eu mal conseguia me lembrar da última vez que meus pais tinham feito um carinho na minha cabeça, e tive inveja do quanto Emily era claramente amada.

Nunca imaginei que aquela seria a última vez que ela e a mãe se veriam. E, é claro, eu também não tinha ideia de que, algumas horas depois, eu voltaria àquela casa que sempre me deixava pisando em ovos.

Você perguntou sobre o dia do assassinato, mas parece que eu falei sobre tudo, menos isso. Não estou querendo desviar do assunto, não mesmo. É só que sempre que me lembro do incidente minha cabeça dói e parece que vai quebrar. Então, tanto quanto posso, gosto de evitar esses assuntos pesados...

Vou pular direto para depois que encontramos o corpo. Tudo bem?

Ah, certo, talvez eu devesse acrescentar isso: acho que o motivo pelo qual o homem não me levou com ele foi menos pelo fato de que eu era pesada e mais por eu parecer um urso.

Acho que é por aí... Agora, vou para depois que encontramos o corpo.

★ ★ ★ ★ ★

Então, Maki me disse para correr até a casa de Emily, em seu comando padrão, porque eu era uma *corredora rápida*, e lá fui eu. Dessa vez eu corri de verdade, o mais rápido que pude. Yuka e eu corremos juntas até chegarmos ao portão dos fundos da escola; depois, fomos em direções opostas.

Ai, meu Deus. Isso é terrível. Terrível...

Minha cabeça estava cheia desses pensamentos, mas eu não estava com muito medo. Acho que, àquela altura, não tinha atinado com a imensidão do que havia acontecido. Se tivesse refletido com um pouco mais de cuidado, acho que teria me esforçado para me acalmar e, antes de chegar à casa dela, pensar na melhor maneira de informar à sua mãe sobre a terrível realidade da morte da filha. Poderia, primeiro, ter ido até minha casa, fazer minha mãe ir comigo, conseguir a ajuda de um adulto. Poderia ter percebido que não precisava usar diretamente a palavra *morta*.

Mas tudo o que fiz foi continuar correndo com todas as minhas forças.

Estava tão focada em correr que nem reparei no meu irmão ao passar pela tabacaria. No prédio de apartamentos estava o mesmo zelador, mas passei zunindo por ele e pulei para dentro do elevador.

Cheguei ao apartamento de Emily, corri para o interfone e fiquei apertando o botão.

"Mas que diabo? Você deveria ter educação", a mãe de Emily disse ao abrir a porta. Então, ao me ver, disse: "Ah, Akiko", numa voz confusa. E eu fiquei lá, sem fôlego, e por um milésimo de segundo pensei em como era bonito o avental florido que ela estava usando; depois, sacudi a cabeça para me recompor e gritei o mais alto que pude: "A Emily morreu! A Emily morreu! A Emily morreu!".

A pior maneira possível de contar para ela, certo? No começo, ela parecia achar que era uma brincadeira. Encarando-me, soltou um leve suspiro, com as mãos no quadril, e olhando pela porta aberta, disse: "Emily, sei que você está escondida aí. Pare de brincadeira boba e apareça. A não ser que queira ficar sem jantar".

Mas Emily não estava prestes a aparecer.

"Emily!"

Sua mãe gritou mais uma vez porta afora, mas no prédio de apartamentos, com a maioria das pessoas fora por causa do feriado de Obon, não se escutou um som.

A mãe de Emily olhou para mim, sem reação, por três segundos, cinco, dez... Ou talvez tenha sido apenas por um instante, não sei.

"Onde está a Emily?", perguntou, com a voz seca e rouca.

"Na piscina da escola." Minha voz também estava rouca.

"Por que a Emily?"

Uma voz ensurdecedora penetrou na minha cabeça e fui atirada longe. A mãe de Emily tinha me empurrado para o lado com as duas mãos, e saiu correndo do apartamento. Meu rosto bateu com força na parede. Caí para a frente e, com um som surdo, uma dor aguda correu pela minha testa. O enfeite do Parthenon tinha se quebrado.

Provavelmente por ter batido o rosto, meu nariz sangrava. Dor na testa e um nariz sangrando... Tive certeza de que meu crânio estava rachado e que era dali que vinha o sangue. Ele correu pelo meu queixo, pelo pescoço, fluindo com intensidade. *Eu posso morrer. Socorro!...* Meu pescoço deu um solavanco para baixo e fiquei chocada ao ver minha blusa, novinha, agora tingida de vermelho escuro. *Nãããããooo...* Senti como se tivesse caído em um buraco fundo e escuro. E justo então...

"Akiko!" Uma voz forte chamou. Fui salva no último segundo, pelo meu irmão, de cair naquele buraco para sempre.

"Koji! Koji!"

Agarrei-me ao meu irmão e caí no choro.

Meu irmão tinha saído da casa de um amigo e estava indo para casa, e ainda que minha mãe tivesse dito para eu voltar às seis, porque um primo mais velho iria chegar, quando tocou "Greensleeves" ele me viu correndo na direção oposta à nossa casa. Então, saiu à minha procura para me levar para casa. Viu a mãe de Emily disparando para fora do prédio, despenteada, e, pensando que algo devia ter acontecido, foi até lá para ver o que era.

Meu irmão pegou toalha e lenço de papel com o zelador e limpou o sangue do meu nariz.

"Eu vou morrer?", perguntei, soturna, mas meu irmão apenas sorriu.

"Ninguém morre de sangramento do nariz", disse.

"Mas a minha cabeça está doendo."

"É, você cortou um pouco a testa, mas não tem muito sangue, então não é tão grave."

Por fim, consegui me levantar. Vendo o Parthenon estilhaçado, ele perguntou: "O que aconteceu?".

"Emily morreu na piscina", respondi.

Ele pareceu chocado, mas disse: "Vamos para casa", e pegou minha mão com delicadeza.

Ao descermos a ladeira, olhei para cima e vi que o céu estava tingido de um vermelho escuro.

O machucado? Como você vê, não tem cicatriz.

Meu irmão colocou algum antisséptico e um curativo, só isso.

Quando chegamos em casa e minha mãe me viu coberta de sangue, soltou um grito, mas quando contei a ela o que tinha acontecido, ela disse: "Vou até a escola", e saiu correndo, me deixando para trás. Ela é o tipo de pessoa que entra instantaneamente em pânico. Soube disso mais tarde, mas mesmo estando bem ali, parada na frente dela, ela estava convencida de que era eu quem tinha morrido na escola.

Apesar da dor, o corte tinha parado de sangrar e não era muito fundo, então não tive que ir para o hospital.

Mesmo assim, depois de quinze anos, sempre que chove ou está muito úmido, ou quando me lembro do assassinato, minha testa dói, e pouco a pouco fico com uma dor de cabeça de arrebentar. Hoje está chovendo; além disso, falei por muito tempo sobre o assassinato, e sinto como se logo ela fosse começar.

Já está começando a ficar dolorida.

Basta sobre o assassinato? O quê? O rosto do assassino? Você me perdoa por não dizer nada a respeito?

Nós quatro dissemos que *não nos lembramos do seu rosto*.

Na verdade, não é apenas do rosto, mas minha lembrança da coisa toda é meio vaga. Não é que eu não me lembre de nada, mas, como disse antes, sempre que tento me lembrar do assassinato, principalmente de alguma coisa realmente importante, minha cabeça dói como se fosse se abrir. A dor é insuportável. Uma vez, eu tentei insistir e me lembrar de tudo, e logo que começou a surgir uma vaga imagem do homem fui acometida por uma dor tão avassaladora que tive certeza de que, se fosse em frente, enlouqueceria. Então, desisti.

Você acha que eu deveria ter contado isso à polícia quando me interrogaram?

Como eu ainda tinha um curativo na testa, se tivesse dito que minha cabeça doía, senti que a polícia e outras pessoas fossem descobrir que a mãe de Emily tinha me empurrado, e hesitei em contar.

A polícia interrogou-me várias vezes. Perguntavam sempre as mesmas coisas, e, na primeira vez, acompanhei o que as outras três meninas disseram; então, na segunda vez, respondi como se o que as outras tivessem dito fosse minha própria lembrança dos acontecimentos. Maki, às vezes, usava palavras em inglês, misturando *green* com *gray*, então eu não tive certeza da cor do uniforme de trabalho do homem, mas acho que ninguém percebeu o que houve entre a mãe de Emily e eu.

Não entrei em muitos detalhes sobre o que aconteceu na casa de Emily logo depois do assassinato, e a polícia não me interrogou muito a respeito. Nem contei ao meu irmão que a mãe de Emily me empurrou de lado, daquele jeito. As pessoas poderiam culpá-la, e isso teria sido cruel. Qualquer um entraria em pânico se soubesse que um filho tinha morrido. Machuquei-me por minha culpa. Não devia ter ficado ali, confusa, bloqueando a porta. Então, quando me perguntaram sobre meu machucado, disse que estava correndo e caí. Ninguém duvidou disso, já que aconteceu logo depois de descobrirmos o corpo.

Mas, mais do que meu próprio machucado, você não acha que quebrar um enfeite como o Parthenon é uma perda dez mil vezes maior? Sabe, eu não tinha pensado nisso até agora, mas talvez as pontadas que sinto sejam provocadas por um fragmento do enfeite que ficou alojado na minha testa. A sensação com certeza é essa. Mas, agora, é tarde demais para ser tirado. Mesmo assim, se eu soubesse, naquela época, que um fragmento de porcelana permanecia na minha testa, duvido que tivesse ido ao hospital.

Quero dizer, ursos não vão a hospitais, vão? É claro que existem clínicas veterinárias, mas um urso não iria a uma por conta própria, iria?

Um urso sabe a maneira pela qual um urso deve viver. Quem não sabia isso era eu.

É preciso saber sua posição na vida.

Escutei meu avô dizer isso desde quando me lembro.

Não se deve pensar que todos são iguais. Porque algumas pessoas recebem coisas diferentes desde que nascem. O pobre não deveria tentar agir como o rico. Um idiota não deveria tentar agir como um erudito. Um pobre deveria encontrar felicidade em coisas frugais, e um idiota deveria fazer o possível dentro da sua capacidade. Procure algo acima da sua posição e isso só levará à infelicidade. Deus presta atenção em nós todos, e punirá você se quiser voar muito alto.

Meu avô sempre parava por aí, mas um dia, quando eu estava na terceira série, ele acrescentou o seguinte: "É por isso, Akiko, que você não deveria se importar em ter uma aparência comum".

Dá para acreditar? De onde veio isso? Talvez sua intenção fosse me fazer sentir melhor, mas você não acha que uma afirmação dessas teria o efeito oposto? Eu era grande e robusta, é verdade, mas nunca pensei que meu rosto fosse tão ruim. E embora eu não fosse boa nos estudos, pelo menos era atlética. A maioria das outras crianças à minha volta não era muito diferente, então, nunca achei que a vida fosse injusta. Assim, quando meu avô disse aquilo, só pensei: *Lá vai ele de novo!*, e não dei muita atenção.

Foi só depois que Emily se mudou para nossa cidade que comecei a entender o que ele quis dizer. Ela era linda, uma pessoa graciosa, inteligente, atlética, esperta, rica. Não era mesmo justo. Se eu me comparasse a ela, me sentiria miserável, mas se eu me limitasse ao fato de nós duas apenas termos recebido dons diferentes, não me incomodaria tanto. Emily tinha a vida dela, eu tinha a minha. Não sei como as outras meninas se sentiam em relação a ela, mas gostei dela de cara porque vinha de um mundo totalmente diferente.

Mas, naquele dia, senti outra coisa. Eu estava usando uma blusa bonitinha, de uma marca chique, que deu inveja em Emily, e estava feliz que meus pais tivessem dito para mim a mesma coisa que os pais dela tinham dito para ela. Até quis ser mais amiga dela.

Tentei ir além da minha posição, e o castigo veio a galope.

Minha blusa da Pink House era prova disso. Ela foi mandada para a lavanderia, mas as manchas marrons de sangue não saíram, e nunca mais pude usá-la para sair. *Uma menina bonitinha deveria ter te usado e tomado bastante cuidado com você*, eu disse para a blusa, *mas como quem usou foi uma ursa que não sabia seu lugar, bastou um dia para você ficar manchada para sempre, e acabar com você. Sinto muitíssimo*, desculpei-me com a blusa. Agarrei-a junto a mim, chorando e pedindo desculpas sem parar. *Desculpe-me... Desculpe-me...*

E Emily, desculpe-me. Por favor, desculpe-me, eu disse.

Porque uma ursa como eu, que deveria ser mais esperta, quis ser amiga de uma menina como você. Foi por isso que você foi assassinada.

Minha vida depois do assassinato? Busque algo acima da sua posição e isso só te trará sofrimento. Emily foi morta por minha causa, então, como é que eu poderia continuar fazendo as coisas que fazia antes do assassinato, como ir à escola, brincar com amigas, comer balas, rir? Senti como se isso não me fosse mais permitido.

Estar com as pessoas apenas traria problemas para elas. Mesmo que eu não tivesse um relacionamento com uma pessoa, era como se bastasse a minha presença para causar problemas a quem quer que estivesse comigo.

Fiquei receosa de que, na escola, se eu apenas me mexesse, bateria em alguém, derrubaria e machucaria a pessoa, então, a não ser pelas idas ao banheiro durante o intervalo, ficava grudada na minha cadeira.

Não demorou muito para eu começar a acordar com o estômago enjoado, ou me sentindo apática, e faltar à escola.

Meus pais e professores não comentaram muito as minhas ausências na quarta série. Imaginaram que fosse natural, considerando o que eu tinha passado, mas quando fui para a quinta, eles pareceram achar que aquilo tinha passado dos limites. Mesmo que um assassinato aconteça em sua própria cidade, depois de seis meses as pessoas que não estão diretamente envolvidas veem a coisa como um acontecimento distante, passado.

Foi meu irmão Koji quem me encorajou, então. "Akiko", ele me disse, "pode ser que você fique com medo de sair, mas vou te proteger, então mantenha a cabeça erguida!".

Koji começou a caminhar comigo até a escola, pela manhã, antes de ir para o seu próprio colégio, mesmo sendo fora do seu caminho. Dizia que deveríamos malhar, porque assim, mesmo que um criminoso nos atacasse, poderíamos lutar contra ele. Koji criou barras com ferramentas agrícolas sem uso em nosso barracão, e treinamos musculação juntos.

Embora eu estivesse com a consciência pesada por ir à escola, gostava dos exercícios. É de se esperar que um urso seja forte, e eu me dediquei para valer, pensando que algum dia eu poderia vingar a Emily.

Os dias se passaram, os pais de Emily logo se mudariam de volta para Tóquio, e nós quatro fomos convidadas a ir a sua casa para conversar, mais uma vez, sobre o dia do assassinato.

Apesar da falta do enfeite do Parthenon, a casa estava igual a antes, e, assim que entrei, minha testa começou a doer. Mas Maki conversou a maior parte do tempo, então consegui aguentar.

Mas aí a mãe de Emily disse o seguinte: "Jamais perdoarei vocês, a não ser que encontrem o assassino antes da prescrição do crime. Se não conseguirem fazer isso, então se redimam do que fizeram de um jeito que eu aceite. Se não fizerem nem uma coisa nem outra, digo aqui e agora que *vou* me vingar de cada uma de vocês".

A culpa era minha que Emily tivesse morrido, então me senti mal pelas outras três meninas. E eu sabia desde o começo que a mãe de Emily me culpava, então não me deu medo escutar que ela se vingaria. O que me pareceu estranho foi ela não ter dito nada até então. Eu imaginava que seria difícil encontrar o assassino, já que eu quase não conseguia me lembrar de qualquer coisa sobre o incidente. Assim, escolhi fazer penitência.

Penitência? *Nunca busque nada além da sua posição.* Esse pensamento nunca saiu da minha cabeça depois do assassinato, e, naquele dia, jurei mais uma vez seguir aquela restrição.

Acabei não continuando a escola. Meus pais tentaram me convencer a, no mínimo, me formar no ensino médio, mas mesmo que eu prestasse os exames, não tinha certeza se poderia cursar mais três anos de colégio.

Foi meu irmão quem convenceu meus pais a me deixar em paz.

"O ensino médio não é uma educação obrigatória", argumentou. "Se ela não quiser sair de casa, mas ainda quiser estudar, sempre dá para conseguir um certificado de ensino médio por correspondência, e depois fazer os exames de vestibular. Eu vou em frente e serei um sucesso, então deixem a Akiko fazer as coisas no ritmo dela."

Foi o que Koji disse para eles. E, fiel à sua palavra, formou-se em uma universidade federal nos arredores, prestou concurso público e foi contratado na prefeitura local, onde se tornou um respeitado membro da equipe do Departamento de Bem-estar Social. As pessoas viam-no como um filho maravilhoso e devotado, e ele deixou meus pais orgulhosos.

Koji sempre gostou de ajudar as pessoas. Foi por isso que se casou com uma mulher de passado duvidoso.

Não se deixe levar por um homem duvidoso, ou vai acabar grávida e voltar para casa aos prantos.

Uma espécie de clichê que pais e parentes sempre dizem a suas filhas quando elas vão estudar fora, ou trabalhar na cidade grande. Mas a esposa do meu irmão, Haruka, era um exemplo perfeito de todas as coisas terríveis que podem acontecer com uma mulher sozinha em uma cidade.

Ela conseguiu emprego em uma gráfica em Tóquio, mas mal conseguia sobreviver com o salário modesto que essa pequena empresa lhe pagava, então começou a trabalhar meio período em um bar para ganhar algum dinheiro extra para as despesas. Lá, ela se envolveu com um *yakuza* de baixo nível. O homem a engravidou, mas não se casou com ela, e ela saiu da empresa, teve a criança e, de algum modo, conseguiu criá-la com o que ganhava trabalhando em bares. Enquanto isso, o *yakuza* começou a sair com outra mulher e sumiu. Além de tudo, o homem estava com uma dívida pesada em alguma financiadora suspeita, e os agiotas ameaçaram que, caso ela não pagasse a dívida no mês seguinte, eles a matariam e a atirariam na baía de Tóquio. Ela escapou por pouco das garras deles e correu de volta para a nossa cidade.

É difícil saber quanto dessa história era verdade, mas, um mês depois da volta de Haruka, toda a cidade conhecia os detalhes escabrosos. Até alguém como eu, que nunca saía de casa, sabia.

Estava sentada com a minha mãe e uma vizinha, que tinha vindo em casa, e escutei o que ela disse, como se eu fosse uma das suas amigas. Num tom de entendida, a mulher listou todas as fofocas sobre Haruka, embora parecesse não poder acreditar que ela tivesse acabado desse jeito. Eu também achei difícil acreditar.

Não sei se foi para pagar aqueles empréstimos, mas a família de Haruka de fato vendeu umas terras agrícolas e uma terra que tinha nas colinas, e era verdade que ela tinha uma filha.

Ainda assim, o que achei difícil de acreditar foi a questão da... imagem? Acho que é como você chamaria. Ela poderia ter sido apontada como um mau exemplo, mas nesta cidade sua história assumiu os contornos de uma saga heroica. As pessoas que não a conheciam ficaram curiosas para ver que tipo de beldade tinha entrado em tal roubada, certo? Mas Haruka era uma pessoa simples, quieta, e não chegava a ser uma beldade por nenhum parâmetro.

Ela e Koji tinham sido colegas de classe, e nossas casas não ficavam longe uma da outra, então eu a conhecia desde criança. Àquela altura, eu ainda não a tinha visto desde sua volta de Tóquio, e meio que esperava que a cidade grande a tivesse transformado em uma mulher sofisticada. Mas, três meses depois de ouvir essas fofocas sobre ela, meu irmão a trouxe para nossa casa e eu descobri que, embora tivesse amadurecido com o passar dos anos, como era de se esperar, na verdade ela não havia mudado em nada.

Isso aconteceu no Obon do ano passado, 14 de agosto.

Dez anos atrás, meus avós faleceram, um depois do outro, então os outros parentes já não se reúnem na nossa casa. Mas, naquele dia, um dos meus primos mais velhos, Seiji – filho da minha tia Yoko, que tinha acabado de voltar depois de cinco anos trabalhando no exterior –, vinha pernoitar com sua esposa. Então, eu e minha mãe preparamos todo tipo de comida gostosa – *sukiyaki* e *sushi* – e esperamos, juntamente com meu pai, a chegada deles. Meu irmão estava fora desde cedo e telefonou dizendo que, com a visita de Seiji, queria aproveitar a oportunidade para apresentar a todos sua namorada.

Para mim, era uma novidade o fato de ele ter uma namorada. O mesmo para a minha mãe, que ficou agitada, pensando se deveria trocar de roupa, ou talvez sair e comprar um bolo. Mas quando Seiji e a esposa chegaram, minha mãe tirou aquilo da cabeça e se concentrou em receber os dois.

Meus pais eram os únicos da nossa família que haviam comparecido ao casamento de Seiji, em Tóquio, oito anos antes, então acho que aquela era a primeira vez que eu realmente encontrava sua esposa, Misato.

"Estou muito feliz que vocês tenham vindo até aqui, no interior, para nos ver, mesmo que o avô e a avó não estejam mais conosco", minha mãe disse. Ao que Seiji respondeu, desculpando-se um pouco: "Claro que queremos prestar nossas homenagens em seus túmulos, mas este lugar também tem muitas lembranças para nós dois... Sei que isso é algo indiscreto para se dizer", ele continuou, "por isso, nunca mencionei, mas se aquele incidente não tivesse acontecido, talvez jamais tivéssemos saído um com o outro. Então, esperávamos fazer uma visita aqui, nós dois, um dia".

Por *incidente* ele queria dizer o assassinato de Emily.

Seiji, que naquela época cursava o terceiro ano de uma faculdade em Tóquio, tinha participado da equipe de tênis e se interessara por um dos outros membros de uma faculdade feminina, Misato, que era caloura. Havia muitos outros competindo pela atenção dela, e ele achou difícil perder o papel de mentor estando no final da faculdade. Mas um dia, quando os membros da equipe tinham saído para beber e conversavam sobre voltar a suas cidades para o

Obon, Seiji vangloriou-se: "Minha cidade não tem nenhum mérito, a não ser o ar mais limpo do Japão", ao que Misato disse: "Eu gostaria de ir até lá um dia". Misato e os pais eram de Tóquio, e ela ficou encantada com a ideia de ir para uma cidade no interior. Estimulado por alguns drinques, Seiji disse: "Bom, você gostaria de ir junto?", e Misato sorriu e concordou com a cabeça.

Como todos na nossa família, Seiji é um tipo sério, que gosta de cuidar dos outros. Ali estava uma chance de pernoitar com uma garota de quem gostava, mas seu plano era, depois de comerem conosco, dormir só uma noite em nossa casa e voltar direto para Tóquio. Seiji ficaria no quarto do meu irmão, e Misato, no meu. Mesmo eu, muito ignorante em tudo que tivesse a ver com amor, fiquei surpresa por ele não tirar vantagem de ficar com a garota de quem gostava.

Os dois desceram na estação de trem um pouco antes das seis da tarde e vieram andando até nossa casa, chegando depois das seis. Largaram sua bagagem e descansaram um pouco, então minha mãe disse: "Bom, estamos todos aqui, agora, então vou preparar o *sukiyaki*". Mas ela não conseguiu achar os filhos, e bem quando estava reclamando "Ora, cadê as crianças?", eu apareci, levada pela mão do meu irmão. Não reparei que Seiji e Misato estavam ali.

Minha mãe entrou em pânico e saiu correndo de casa. Lá fora, ouviam-se sirenes de polícia, e um dos meus tios, curioso, disse que ia ver o que estava acontecendo. A essa altura, todo o distrito oeste estava em tumulto.

Naturalmente, não era hora de receber convidados, e Misato disse para não nos incomodarmos com eles. Tia Yoko reservou um lugar para eles numa pousada japonesa numa cidade próxima, e Seiji e Misato foram para lá. Essa cidade próxima não é grande coisa, mas tem fontes termais, e com um monte de gente na cidade para o Obon, só havia um quarto disponível na pousada.

Era compreensível que Misato ficasse abalada com a notícia de que um assassinato ocorrera na cidade rural que ela visitava pela primeira vez, mas Seiji lhe disse: "Não se preocupe, eu te protegerei", o que ela achou reconfortante, e esse foi, de fato, o começo do relacionamento deles. Acho que, mesmo se não tivesse acontecido o assassinato, eles acabariam juntos. Quer dizer, não importa o quanto o ar pudesse ser limpo, ou o quanto uma pessoa quisesse visitar a zona rural no feriado: você realmente acha que ela iria para a casa dos parentes de alguém que não gostasse? Mas concordo que o assassinato intensificou os sentimentos de um pelo outro.

Avance quatorze anos. Não sei os motivos, mas Seiji e Misato não tiveram filhos. Mas haviam se passado oito anos desde seu casamento, e tive inveja do quanto eles permaneciam como recém-casados.

Enquanto eu observava como eram íntimos, minha mãe disse, animada: "Koji vai trazer uma garota hoje". Koji era seu orgulho e alegria, e o fato de trazer uma garota em casa deixou-a toda excitada. Talvez, vendo Seiji e a esposa, pensasse no quanto queria que Koji também tivesse um casamento feliz.

Seiji e Misato haviam acabado de dizer que estavam curiosos para ver que tipo de pessoa era a namorada de Koji, e como estavam ansiosos para conhecê-la, quando ele chegou. Com Haruka e Wakaba ao lado.

Wakaba é filha de Haruka. Na época, ela estava na segunda série.

Mamãe cumprimentou-os com simpatia e levou-os até a sala de visitas. Então, levou-me até a cozinha e perguntou: "É... é... *ela*, certo?", querendo saber se a mulher que ele tinha trazido em casa para nos conhecer não era outra senão a Haruka de quem todos falavam. Eu mesma fiquei muito surpresa, mas ver mamãe andar de lá para cá na cozinha, em pânico, na verdade me deixou mais calma.

"É, é ela, com certeza. Mas eles foram colegas de classe, então vai ver que não passa disso. Não fique tão nervosa. É indelicado."

Dei um cutucão em mamãe, e ela voltou para a sala de visitas com uma garrafa de suco e tantas garrafas de cerveja quanto conseguiu carregar.

Achei que meu pai estava virando as cervejas um pouco mais rápido do que de costume, mas era por causa da presença de Seiji e sua esposa, e o jantar transcorreu tranquilamente. Haruka sentou-se, recatada, ao lado de Koji, quase se escondendo por trás do seu físico enorme, e mal beliscou a comida, mas foi muito atenciosa, servindo cerveja para os outros, servindo *sushi*, empilhando os pratos vazios.

Se eu tivesse feito a mesma coisa, teria sido de modo tão lento e ineficiente que alguém teria me dito para parar de "ajudar", mas Haruka fez tudo com tanta naturalidade e discrição que quase não se notava. Vestia o que sem dúvida era seu melhor traje, mas do tipo barato, que se pode comprar em um supermercado da cidade vizinha. Como se eu pudesse falar... Meu traje costumeiro era um conjunto de moletom marrom.

Observando Haruka, senti como se ela tivesse vivido a vida toda ali, e que os boatos eram um montão de bobagens.

No início, minha mãe ficou carrancuda, servindo o *sukiyaki* sem uma palavra, mas quando Wakaba lhe disse "Obrigada!", com um sorriso fofo, na hora em que minha mãe quebrou um ovo cru em sua tigela, ela finalmente sorriu, e fez questão que a menina tivesse bastante carne para comer. Ao ver isso, meu pai disse, do nada: "Sei quebrar um ovo com uma mão, sabia?", quebrando um ovo em uma tigela. Ao ver como Wakaba ficou feliz com isso, ele me disse para ir até o minimercado e comprar um sorvete para ela.

Aquele era o único minimercado da cidade, construído três anos antes, perto da escola fundamental. Seiji disse que ia comprar cigarros e foi comigo.

"O Koji está pensando em se casar com aquela mulher?", ele me perguntou durante a caminhada.

"Eu meio que duvido..."

"Faz sentido. Ela parece ok, mas seria melhor se ele não se casasse."

Era meio estranho que Seiji, que nada sabia sobre o passado de Haruka, tivesse esse tipo de opinião forte. Se eu a tivesse conhecido naquela noite, acho que aprovaria o casal.

"Por quê?", perguntei a Seiji, mas ele se saiu com um "Uau! Dê uma olhada nisso!" em voz alta. "O que acontece com esse estacionamento?", perguntou. "É três vezes maior do que a loja toda!"

E daí?, pensei. Não consegui entender. *Seiji cresceu na cidade grande, e tem um montão de coisas que ele diz que eu simplesmente não entendo.* Estava pensando nisso quando entramos no minimercado.

Vendo o local lotado, Seiji disse: "Esse deve ser o lugar mais popular da cidade". Parecia impressionado. Comprou o sorvete, alguns salgadinhos que combinariam com saquê, cigarros e o tipo de revista semanal que os funcionários de escritório leem, e fizemos o caminho de volta.

Seiji não disse mais nada sobre Koji. O que conversamos no caminho de volta? Seiji estava calado, fumando enquanto caminhávamos, e então, de repente, perguntou sobre o assassinato. Nada tão importante, acho. Não me lembro de a minha testa começar a doer ou coisa assim...

"Akiko, aquele assassino foi o mesmo pervertido que roubou as bonecas na noite do festival, certo?", perguntou.

Só respondi: "Certo".

Nunca exibimos nenhuma boneca francesa em nossa casa. Em vez disso, tínhamos um urso esculpido em madeira, lembrança de Hokkaido. Então, até ele tocar no assunto, todo o incidente das bonecas francesas roubadas tinha sumido completamente da minha cabeça.

O jantar terminou de modo mais amigável do que eu esperava, então acho que Koji entendeu mal a situação. Na manhã seguinte, depois do café da manhã, quando Seiji, sua esposa e nós tomávamos café, conversando sobre ir até as termas na cidade vizinha, Koji subitamente deixou escapar:

"Mãe, pai, Haruka e eu vamos nos casar".

Ele não estava pedindo permissão, e sim declarando sua intenção.

"Não seja estúpido!", mamãe gritou. Ela se levantou subitamente, depois voltou a se sentar, obviamente em pânico.

"Como você pode pensar em se casar com uma pessoa como ela?", exclamou. "Tem tantas mulheres melhores por aí com quem você poderia se casar! Como a filha de Yamagata, que trabalha no laboratório da Industrial Adachi, aquela que foi para mesma faculdade que você. E a filha de Kawano, que foi para faculdade de música e ensina piano. As duas gostariam de se casar com você, então por que raios você quer se casar com *aquele tipo* de mulher?"

Uma pequena correção: eram os pais das meninas que queriam que elas se casassem com Koji, não as próprias meninas. A vizinha que fofocou sobre Haruka, na verdade, tinha vindo à nossa casa para sondar Koji sobre outro casamento possível. Na época, Koji lhe disse: "Não vou me casar antes dos 30 anos".

"Você é o único com quem podemos contar para continuar depois que formos embora. Não se deixe levar por uma paixão cega!", meu pai também gritou.

Fiquei um pouco magoada por ele insinuar que, se eu não fosse do jeito que sou, ele não teria se oposto ao casamento, mas, mais do que isso, senti-me em dívida com meu irmão. Koji sempre tinha cuidado de mim, mas ali estava ele, impossibilitado de se casar com a pessoa que amava por minha causa. O passado de Haruka me preocupava, mas senti que se algum dia fosse compensar meu irmão, a hora era aquela.

"Não acho... que Haruka seja uma má pessoa", eu disse. "E cuidarei de vocês, mamãe e papai, quando ficarem velhos..."

"Não seja ridícula. Não é hora para uma reclusa como você se intrometer. Não espero nada de você. Desde que não incomode os outros, isso é tudo que podemos pedir. Então, não se meta."

Isso veio da minha mãe. Ela tinha razão, mas ninguém jamais tinha colocado tudo de maneira tão clara. Eu tinha ficado tão animada por termos convidados, era tão raro, que quase tinha me esquecido da minha posição de ursa desajeitada.

"Seiji, diga *alguma coisa* para ele", minha mãe acrescentou. "E Misato, você não acha que tem alguma coisa esquisita naquela mulher?" E começou a pô-los a par de todas as fofocas sobre Haruka.

Ela não precisava fazer aquilo na frente de Koji, era o que eu pensava, mas o que me surpreendeu foi que Koji não desmentiu nada. Na verdade, quando Seiji perguntou "Tudo isso é verdade, Koji?", meu irmão assentiu em silêncio. E disse:

"Fiquei com pena de Haruka. A Srta. Yamagata ou a Srta. Kawano podem ser felizes com qualquer pessoa, mas o único, no mundo todo, que pode fazer Haruka feliz, sou eu. Se vocês insistirem em se opor a nós, pego Haruka e Wakaba e saio da cidade".

Ele falou baixinho, mas com autoridade. Meu irmão tinha voltado a se encontrar com Haruka no balcão de atendimento da prefeitura, onde ele trabalhava. Ela tinha ido pedir auxílio para mães solteiras, e naquele dia Koji atendia no balcão. Estou conjecturando aqui, mas meu irmão, sempre do tipo que ajuda os outros, deve ter feito o máximo para aconselhá-la primeiro como membro do Departamento de Bem-estar Social da prefeitura, depois como antigo colega de classe. Acabou por se ver querendo protegê-la como homem.

Meu pai ficou ali sentado, impassível, sem dizer uma palavra. Minha mãe tremeu a boca como um peixe arfando. Seiji e Misato ficaram calados, olhando para Koji. E eu... fiquei ali, pensando, com o olhar vago. *Ah, então o casamento de Koji com Haruka está decidido.* Olhei para todos ao redor e senti uma grande mão pousar em minha cabeça.

"Obrigado, Akiko, por estar do meu lado." Ao dizer isso, Koji afagou lentamente minha cabeça; lágrimas afloraram, e não consegui impedi-las. Essa deve ter sido a primeira vez que chorei desde o assassinato.

No mês seguinte, começo de setembro, Koji registrou Haruka oficialmente como sua esposa. A cerimônia de casamento foi feita em um templo budista das proximidades, apenas na presença de parentes, e me pareceu mais uma elegante cerimônia fúnebre, mas Koji e Haruka pareciam muito felizes. No começo, as pessoas da cidade especularam por que ele se casaria com uma mulher daquelas, mas os pais dela eram pessoas decentes, honradas, a própria Haruka era quieta, reservada, educada, e aos poucos as pessoas começaram a torcer por eles. Koji ganhou uma reputação ainda melhor na cidade, passando a ser visto pelas pessoas como um homem de verdadeiro caráter.

Esperando um dia construir uma casa em que duas gerações pudessem morar juntas, Koji e Haruka alugaram um apartamento num prédio de dois andares, a dez minutos de caminhada da nossa casa. Não era um prédio muito alto, mas do lado de fora era tão chique quanto o complexo de apartamentos da Industrial Adachi.

Assim que Haruka passou a constar, oficialmente, no registro familiar como esposa de Koji, a atitude dos meus pais sofreu uma reviravolta abrupta. Talvez felizes com o fato de que uma menininha fofa agora trazia graça à sua casa desleixada, usavam qualquer desculpa boba – por exemplo, que tinham conseguido algumas uvas ou maçãs frescas – para convidar Wakaba a vir em casa, e depois a levavam ao minimercado para comprar as balas e bebidas de que ela gostava.

Wakaba ficou muito ligada a mim. Um dia, quando veio de visita, pareceu extraordinariamente abatida, e quando perguntei o motivo, ela respondeu: "Não consigo pular corda".

Pular corda – ora, isso trouxe de volta lembranças. "Você gostaria de treinar no nosso quintal?", perguntei, e ela foi até sua casa e voltou com uma corda de pular, rosa. Eles a tinham comprado para ela, mas seu comprimento nunca fora ajustado. Era comprida demais para ela, mas como a menina tinha se dado ao trabalho de trazê-la, decidi mostrar como pular antes de diminuí-la de tamanho.

Com os dois pés, corridinha, cruzada, salto duplo, cruzada dupla... Fazia mais de dez anos que eu não pulava corda, e no começo fiquei me enroscando, mas foi preciso apenas cinco minutos para retomar o jeito. Fiquei sem fôlego? Nem pensar. Quero dizer, ainda passo meia hora por dia fazendo musculação, então não tinha como ficar cansada só de pular um pouco de corda.

"Akiko, você é o máximo!", Wakaba exclamou na maior felicidade. Imagino que tenha achado interessante que alguém tão visivelmente corpulenta como eu pulasse com tanta leveza. Depois disso, ela veio quase todos os dias treinar depois da escola. Comprei uma corda combinando para mim, no minimercado, e praticamos juntas.

"Vamos lá! Só um pouco mais! Sei que você consegue, Wakaba!", eu dizia.

Wakaba treinava até escurecer, e depois minha mãe sempre a convidava para jantar conosco, preparando os tipos de prato que fariam uma criança feliz, mas ela nunca comia com a gente. "Oba!", ela dizia, animada. "Quer dizer que posso comer com vocês?" Mas Haruka sempre vinha buscá-la para levá-la para casa, antes disso.

Minha mãe convidava Haruka para comer conosco, mas ela sempre recusava. Mesmo sabendo que terminaria assim, minha mãe ainda preparava os pratos preferidos das crianças, como hambúrgueres e camarões fritos, e enquanto olhava meu velho pai desmazelado e eu mastigando ruidosamente, nunca reclamava. Acho que era por causa da maneira habilidosa como Haruka recusava seus convites: "Gostaria de esperar até Koji chegar em casa", dizia, "para nós três jantarmos juntos. Porque Wakaba ama seu papai".

Uma menção a meu irmão, e não havia nada que minha mãe pudesse dizer. Além disso, de tempos em tempos Haruka convidava meus pais e eu para jantar com eles. Como eu disse, eles moravam perto da nossa casa, mas acho que ela era realmente uma nora incrível por convidar os sogros para jantar, ainda que não fosse aniversário de ninguém ou coisa assim.

No jantar, meu irmão tomava algumas cervejas e falava sobre várias coisas, como quando foi com Wakaba numa atividade da escola para ajudar a colher arroz. Ele parecia mesmo feliz, embora uma coisa me incomodasse: os únicos pratos que Haruka fazia eram os adequados a gostos infantis. Em casa, sempre comíamos, sobretudo, pratos japoneses. Não apenas porque o avô e a avó viviam com a gente, mas porque todos nós, inclusive Koji, preferíamos o gosto simples e natural da comida japonesa.

Eu imaginava que Haruka deveria, pelo menos, preparar um prato de que Koji gostasse, mas tudo era destinado a Wakaba. Talvez, ao ver minha mãe preparando pratos infantis todas as noites, ela tivesse, por equívoco, pensado que era esse o tipo de comida de que nossa família gostava. A ideia passou pela minha cabeça.

"Venha passar o fim de semana conosco, Wakaba", minha mãe disse. "Deixe o papai e a mamãe ficarem sozinhos, só os dois, às vezes. Afinal de contas, eles ainda são recém-casados, e você quer ter um irmãozinho ou uma irmãzinha, não quer?"

Minha mãe não parecia se importar com o menu feito por Haruka, pegando, alegremente, os *nuggets* de frango temperados com *curry*. Ela adorava a pequena Wakaba, mas tenho certeza de que esperava ter um neto seu assim que possível.

"Você não deveria falar assim na frente de uma criança", meu irmão ralhou com ela, embora não parecesse tão chateado. Certa vez, quando ele passou em casa e viu sua luva de beisebol de criança, disse que adoraria ter um filho algum dia. No entanto...

"Não tenho tanta certeza disso. Wakaba revira na cama a noite toda." Haruka parecia realmente preocupada.

"Eu poderia chutar Akiko na barriga", Wakaba acrescentou, brincando. O clima, então, era bem amigável e caloroso, mas no fim das contas Wakaba nunca veio passar a noite com a gente.

Mesmo depois de passar para a terceira série e já ser craque em pular corda, Wakaba ainda vinha com frequência a nossa casa. Dessa vez ela veio praticar giros na barra. Não tínhamos uma barra em casa, então íamos praticar num parque próximo. Um giro para a frente? Claro que eu consigo. Posso fazer vários seguidos, sem chutar as pernas, só mantendo-as retas. Porque treinei isso, especialmente, quando criança.

O tempo passou, e depois do feriado de maio, aconteceu algo que me pegou de surpresa.

Haruka me deu de presente uns calçados lindos. "Isso é por sempre tomar conta de Wakaba para mim", ela disse. Durante o feriado, ela, Koji e Wakaba tinham ido a uma loja de departamento na cidade grande e comprado os calçados.

Eram tênis de luxo, não daqueles feitos por uma empresa de produtos esportivos, mas por uma empresa de calçados femininos, com um *design* em *patchwork* de couro rosa e bege. Eram lindos, a um mundo de distância dos calçados baratos de lona que eu, normalmente, comprava num supermercado.

"Também tenho isso para você, se não houver problema", Haruka disse, e me deu uma calça jeans. "Comprei", ela disse, "mas meu traseiro é muito grande e ela não cai bem em mim, então mal foi usada". Mas Haruka era muito magra, e eu tinha certeza de que a calça não caberia em mim.

"Akiko", ela continuou, "você tem ombros largos e seu tronco tem uma estrutura sólida, mas suas pernas são esbeltas e muito atraentes. Seu traseiro é firme, então é mesmo um desperdício você usar calças tão folgadas. Sinto muito, sei que estou sendo um tanto invasiva, mas é que tenho inveja de você".

Longe de comparar minhas próprias pernas com as de qualquer pessoa, nunca tinha chegado a analisá-las de perto, mas como Haruka tinha sido bastante simpática em me dar os jeans, tirei minha calça de moletom marrom e descobri que eles serviam perfeitamente nas minhas pernas. Talvez estivessem um pouquinho curtos, mas se fossem usados com aqueles calçados lindos, era melhor que fossem mais curtos.

Quando minha mãe voltou da ida com Wakaba ao minimercado, ficou surpresa ao me ver com aquela roupa. "Pensando bem...", ela disse, e pegou uma camiseta preta do Hard Rock Café, lembrança que uma vizinha havia trazido da lua de mel de presente para ela, mas que minha mãe era tímida demais para usar. Quando vesti aquilo, Wakaba disse, batendo palmas: "Akiko, você está demais!".

O que se destacava, agora, era meu cabelo sem vida, desgrenhado preso com elástico num rabo de cavalo. Haruka me apresentou um salão na cidade vizinha, onde uma amiga dela trabalhava. Fui até lá com Wakaba, que queria dar uma aparada no cabelo. Ir a um verdadeiro salão de beleza, e não a um barbeiro, era uma novidade para mim, bem como ir só com Wakaba, de trem.

Ainda não tenho certeza do que as pessoas querem dizer com *aparar as pontas* do cabelo, mas elas cortaram meu cabelo curto, num estilo despojado, e também fizeram minhas sobrancelhas. Koji havia me dado um dinheiro extra para as despesas, incentivando-nos a comer alguma coisa gostosa antes de voltar, e Wakaba e eu comemos alguns doces em uma cafeteria perto da estação.

Enquanto eu comia a torta, que tinha por cima um tipo de fruta da família do morango e cujo nome eu não sabia, Wakaba observou-me com atenção.

"Você está mesmo uma gata, Akiko", disse. "A mamãe me disse que seria bom se eu tivesse nascido menino, mas acho que você ficaria ainda melhor como menino do que eu."

"Jura? Ela disse isso? Mas se eu fosse um menino, então eu seria seu irmão mais velho, ou seu pai."

"Ah, certo..."

"Você gosta do seu pai?"

"Sim, muito. Ele foi na atividade de plantar arroz e me ajuda com a lição de casa. É muito legal. Outro dia, dei um chute nele no meio da noite e ele não ficou nem um pouco bravo."

"Hein? Vocês dormem no mesmo quarto?"

"Sim. Eu durmo no meio deles. A mamãe diz que os pais que se dão bem dormem desse jeito."

Wakaba parecia de fato feliz ao dizer isso. Eu sempre pensei que ela devia dormir em um quarto separado, mas uma aluna da terceira série ainda é bem criança, e eu e meu irmão dormimos no mesmo quarto até eu ir para a quarta série, então não achei isso tão estranho.

Um dia, no meio de junho, a mãe de Haruka desmaiou enquanto trabalhava na fazenda deles e foi hospitalizada na cidade. Haruka era filha única e foi cuidar da mãe, então nós cuidamos de Wakaba enquanto ela estava fora.

Mesmo assim, Wakaba nunca passou a noite conosco. A viagem de trem até o hospital levava duas horas, e minha mãe achou que Wakaba deveria ficar com a gente e que Haruka deveria dormir no hospital, mas Haruka insistiu em vir para casa todas as noites.

Ela disse que não suportava ficar longe de Koji e Wakaba.

Minha mãe me contou, em segredo, que temia que Haruka tivesse algum problema mental. Como tinha sido abusada por aquele *yakuza* em Tóquio, mesmo agora, levando uma vida feliz, poderia ainda ter medo de que, se tirasse os olhos da filha, ela desapareceria.

Eu disse à minha mãe que ficava impressionada com a maneira como ela fazia essas associações, e ela disse que tinha visto uma situação parecida em uma série de TV coreana. Dava para eu entender isso. Resolvemos fazer o possível para impedir que Haruka se preocupasse demais.

Wakaba vinha direto para a nossa casa logo depois das aulas, fazia sua lição e, então, nós praticávamos nas barras e jogávamos bola. Koji chegava do trabalho, todos nós jantávamos e, depois do banho, Wakaba voltava para o apartamento com ele.

Minha mãe preparava pratos de gosto infantil especialmente para Wakaba, mas ficou feliz em vê-la devorar o *chikuzen-ni*, com vegetais cozidos com soja, em uma travessa no meio da mesa. "*Delicioso!*", Wakaba disse, e depois disso minha mãe preparou mais pratos da sua especialidade, no estilo japonês. Fiquei surpresa quando Wakaba disse que não conhecia *nikujaga*, um tradicional prato japonês de carne com batatas.

Fiquei pensando que, talvez, Haruka não fosse boa na cozinha. No entanto, os pratos no estilo ocidental que ela fazia quando nos convidava para jantar tinham aquele toque especial e eram muito saborosos, então reformulei meus pensamentos e concluí que ela simplesmente preferia comida ocidental.

Como um típico avô ultraindulgente, meu pai comprava, diariamente, toneladas de doces para Wakaba, contra o que Koji reclamava. E quando, no segundo período letivo de educação física, eles aprenderam a andar de monociclo, meu pai comprou-lhe um.

Eu a ajudava com a lição de casa, e embora ela se saísse bem em aritmética, era um tanto patética a maneira como nunca conseguia se lembrar dos caracteres chineses. Depois de terminarmos a lição de casa, praticávamos com seu monociclo e então tomávamos banho juntas.

Eu também nunca tinha andado de monociclo, e íamos ao parque praticar, divertindo-nos até escurecer. Precisamente falando, ela era minha sobrinha de criação, não de uma relação de sangue, mas a verdade é que Wakaba era minha única amiga.

E então as coisas começaram a mudar.

Era começo de julho, cerca de duas semanas depois de Wakaba e eu começarmos a tomar banho juntas, quando descobri as primeiras marcas em seu corpo. Sua cintura estava vermelha e inchada, e perguntei o que tinha acontecido. Ela olhou para baixo e só disse: "Não sei". Depois de um tempo, disse: "Vai ver que foi o monociclo".

Eu tinha o mesmo tipo de hematomas nos joelhos, então acreditei nela.

★ ★ ★ ★ ★

Uma semana depois, numa noite logo antes das férias de verão, descobri o verdadeiro motivo de seus machucados.

A cidade estava em polvorosa com as notícias de Sae ter matado o marido e Maki estar envolvida naquele terrível ataque a seus alunos. "Esta cidade é amaldiçoada", as pessoas falavam. Faz quinze anos que as equipes de TV estiveram aqui, mas, de repente, diziam: "Espere aí! As duas não estavam brincando com aquela menina que foi assassinada tempos atrás? O assassino ainda não foi pego. O que significa tudo isso?". Pouco a pouco, era como se todos na cidade começassem a se lembrar do assassinato de Emily e de tudo o que havia acontecido.

Aparentemente, foram feitos telefonemas à prefeitura sugerindo aos programas de TV que fizessem uma investigação, uma vez que a prescrição seria para dali a pouco. "Por que raios a prefeitura tem que se envolver nisso?", meu irmão reclamou durante o jantar. "As duas mulheres vivem em outro lugar. É apenas uma coincidência. Akiko está levando uma vida normal, e é irritante que as pessoas comecem todo tipo de especulação infundada."

Ele se virou para Wakaba, a seu lado, e preveniu-a com delicadeza: "Se um estranho falar com você, nunca vá com ele. A mamãe e o papai precisam tomar muito cuidado, porque você é muito bonitinha, Wakaba". Ele me ignorou, só estava preocupado com Wakaba. Não foi exatamente por isso, mas decidi não dizer nada sobre o fato de ter recebido duas cartas da mãe de Emily.

Depois de receber as cartas, minha testa começou a doer e não parou mais.

O que diziam as cartas? Fiquei assustada demais para lê-las. Nem mesmo as abri. Foram mandadas, uma logo depois da outra, pouco antes da data de prescrição, então tenho certeza de que a intenção era me lembrar do assassinato mais uma vez. Elas estão na gaveta da escrivaninha, no meu quarto, então, se quiser lê-las, fique à vontade.

E em cima da mesma escrivaninha... Depois de Wakaba ter acabado sua lição e ir para casa com meu irmão, reparei que ela tinha esquecido uma apostila e a chave do seu apartamento.

De manhã, Wakaba ia direto para a escola, sem parar na nossa casa, e, embora estivesse chovendo, resolvi ir até a casa deles naquela noite para devolver a apostila e a chave. Eram cerca de dez horas. Eu sabia que Haruka chegava em casa toda noite por volta das onze, e pensei em entregá-las a Koji depois de Wakaba ter ido dormir.

O quarto deles ficava no primeiro andar, nos fundos. Eu deveria ter ido até a porta da frente e tocado o interfone, mas atravessei o estacionamento na parte de trás, vi a luz acesa da cozinha, que dava para fora, a janela com uma fresta aberta, e pensei em chamar por ali e fazer Koji pegar os itens que Wakaba tinha esquecido.

Mas quando espiei pela abertura, não vi ninguém na cozinha. Estava prestes a dar a volta até a porta da frente quando ouvi uma voz fraquinha, vinda do quarto nos fundos.

"*Socorro!*"

O que está acontecendo?, perguntei-me. Será que Wakaba estava se sentindo mal? "*Você está bem?*", quase chamei pela janela aberta, quando escutei uma voz diferente.

"Não tenha medo. Está melhor agora, não está? Este é um tipo de cerimônia, assim nós podemos realmente virar pai e filha. Os pais e filhos que se dão bem sempre fazem isso juntos."

A dor na minha testa rapidamente espalhou-se para toda a cabeça. A sensação era de que ela ia explodir. Não entendi o que estava acontecendo, mas uma sensação de repugnância subiu dentro de mim... A mesma sensação que tive quando encontramos o cadáver de Emily. Eu nunca deveria ter aberto aquela porta. Lembro-me do quanto lamentei ter feito isso anos atrás.

Dei as costas para a janela, decidida a ir embora antes que minha cabeça doesse ainda mais, mas justamente aí, escutei aquela voz novamente pedindo socorro. E a outra voz.

"Você sempre se comporta. Por que não hoje? Para quem você está pedindo socorro? Não fui eu quem te ajudou?"

Ela estava pedindo socorro para mim. O que eu deveria fazer? Amedrontada, fechei os olhos com força, e ao fazer isso uma voz ecoou na minha cabeça:

Aguente aí! Só um pouco mais. Sei que você consegue, Akiko!

Tenho que fazer isso. Foi para isso que treinei diariamente. Para este momento.

Abri os olhos, respirei fundo e, usando a chave esquecida, abri a porta da frente e rapidamente me esgueirei para dentro. Andei, sem fazer barulho, em direção ao quarto de onde vinham as vozes, e escancarei a porta.

Lá, encontrei um urso.

No quarto escuro, iluminado apenas pela luz que se infiltrava da cozinha, um urso estava deitado pesadamente sobre uma garotinha nua. Enquanto fiquei ali parada, em silêncio, o urso levantou a cabeça. Eu tinha imaginado um rosto terrível, assustador, mas o que vi, em vez disso, foi um rosto relaxado, de aspecto cordial. Dentro das sombras do urso, tive um vislumbre do rosto da menina.

Era... Emily.

Chorando, ela olhou para mim.

Emily estava sendo atacada. Mas não estava morta. *Graças a Deus, cheguei a tempo!* O criminoso era um urso. *Tenho que ajudar Emily. Ajudá-la neste exato momento. Caso contrário, ela será estrangulada e morta.*

Num canto do quarto, ao lado de uma pequena mochila, estava a corda de pular. Agarrei-a, desenrolei-a e passei-a ao redor do pescoço do urso, ainda pressionado contra Emily. Pareceu que ele ia começar a chorar, e puxei o mais apertado que pude. Os olhos do urso, atônitos, ficaram enormes, e ele lutou, mas apertei a corda com toda a minha força e, com um baque, ele tombou por cima de Emily e ficou ali, imóvel.

No mesmo instante, os gritos de Emily soaram pelo quarto.

Graças a Deus, eu a salvei. Vou buscar a mãe de Emily para vir levá-la para casa.

Virei-me e ali, parada bem na minha frente, estava a mãe de Emily.

Ah, entendo. Ela ficou preocupada e veio buscar Emily.

A mãe de Emily estava ali parada, em silêncio e atordoada, olhando fixo para o urso desabado.

"Foi arriscado", eu disse a ela, ansiosa, "mas a salvei. Porque sou forte".

Eu tinha certeza de que a mãe de Emily me agradeceria e afagaria meu cabelo. Então eu estaria livre dessa dor horrorosa, minha cabeça arrebentando, como se meu cérebro fosse virar pó e explodir...

Esperei, ansiosa, mas o que escutei foram palavras totalmente diferentes.

"Por que você não cuidou da sua própria vida..."

Naquele instante, escutei o som de algo desmoronando.

Era Wakaba quem tinha sido atacada. Wakaba que o urso estava agredindo. E eu tinha matado o urso. Isso era... um crime? Talvez fosse...

Quando você disse que queria escutar sobre o assassinato, estava se referindo a este?

Então, deveria ter me dito antes.

Soube que Wakaba foi colocada em um orfanato. Mais uma vez, parecendo imitar uma história da TV coreana, minha mãe disse que a culpa toda era de Haruka, porque ela nunca tinha amado meu irmão. Mesmo assim, tinha aceitado seu pedido de casamento, porque se casar com ele parecia a maneira mais fácil de dar uma reviravolta em sua vida bagunçada.

Mesmo que não o amasse, depois de casados ela deveria ter cumprido seu dever de esposa, mas nunca permitiu que Koji a tocasse. Não devia querer outro filho. Devem ter sido as sequelas da violência sofrida com aquele *yakuza*. Não conseguir ficar em nenhum lugar para passar a noite e só ser capaz de preparar os pratos de que o homem gostava eram resultado do trauma daquele tempo passado. Ela devia ter ficado muito traumatizada. Mesmo assim, se ao menos tivesse conversado com a gente sobre isso...

Em vez disso, escolheu o método mais cruel de todos.

Queria uma vida tranquila, mas não queria que um homem, meu irmão, jamais tocasse nela. Então, ofereceu Wakaba. Koji não poderia esperar por isso. Se ela tivesse sido sincera com ele, sei que ele entenderia. Mas, passo a passo, Haruka o levou a isso. Ignorando completamente o que causaria em sua própria filha, carne da sua carne, sangue do seu sangue... Sabe-se lá, talvez Haruka nem tivesse consciência de estar sofrendo as sequelas de um trauma.

Wakaba era uma graça: tinha a pele clara, feições bem definidas, pernas e braços finos e longos. Ao que parece, a própria imagem do pai *yakuza*. Mas, para Haruka, Wakaba não passava de uma ferramenta a ser usada para a busca da sua própria felicidade.

Sempre que Wakaba surgia na conversa, minha mãe chorava. Pode ser que nunca mais a vejamos, mas ela está viva. Soube que o orfanato fica em nossa região, então quem sabe algum dia, em algum lugar, eu não dê de cara com ela.

E isso bastaria. Bastaria para uma família urso. Aquele incidente não foi culpa de Haruka. Esquecemos o que nosso avô nos ensinou, tentamos buscar algo acima da nossa posição na vida, e fomos punidos por isso. Se ao menos Koji não tivesse sido tão orgulhoso a ponto de pensar que, sozinho, poderia fazer feliz alguém infeliz, e tivesse se casado com uma pessoa saudável, íntegra, que fizesse boa companhia a um urso, eles teriam sido abençoados com uma criança lindinha. E então todos poderiam cuidar bem dessa criança. Porque ninguém via problema em ter uma menininha bonita indo à casa de um urso; na verdade, ficavam eufóricos. Foi por isso que ninguém notou o que realmente estava acontecendo.

Não... Seiji sabia. Ele tinha nos dito que era melhor Koji não se casar com ela. Se ao menos ele tivesse exposto seu ponto de vista com mais ênfase...

Mas a verdadeira culpada sou *eu*.

Há muito tempo eu deveria saber que algo estava errado... Passei os últimos quinze anos sem pensar em outra coisa... Em vez disso, usei aqueles calçados lindos, fui a um salão de beleza, comi uma torta e fiquei amiga dessa garotinha.

Se a mãe de Emily soubesse de tudo, com certeza se vingaria. Provavelmente atiraria no urso. Ela é rica, então aposto que tem uma arma.

Não tenho medo, só estou pensando se existe mais alguma coisa que eu possa dizer para ajudar.

Ah... mais uma coisa.

Este foi o último ano que Seiji ficou na nossa casa. No meio da noite, quando eu estava passando pelo quarto de hóspedes, a caminho do banheiro, ouvi-o dizendo a Misato:

"Você se lembra, Misato, quatorze anos atrás, quando chegamos à estação? Você se virou para olhar um homem por quem tinha acabado de passar, e eu fiquei com um pouco de ciúme e disse 'Hum, então você gosta *desse* tipo, hein?', e você disse 'Ele se parece com um professor que eu tive na escola fundamental'. O sujeito não é este?".

Ouvi o som de páginas em uma revista sendo folheada. E então Misato disse:

"É ele. Agora eu me lembro. Eu estava pensando *Por que o Sr. Nanjo está em um lugar como este?* Porque eu soube que houve um acidente, ele parou de lecionar e se mudou para a região de Kansai. Um menino em sua escola alternativa tinha provocado um incêndio. Tenho certeza de que era ele. É difícil pensar que ele tivesse dirigido um lugar como aquele. Mas, repetindo, ele sempre foi um bom professor, com um forte senso de dever".

Essa poderia ser uma pista? Quero dizer, Misato viu alguém que ela nunca esperou ver aqui, certo? E se ele fosse o assassino? Ah, está certo. Me esqueci do caso da boneca francesa. O pervertido que roubou as bonecas francesas foi quem assassinou Emily. Foi por isso que Seiji me perguntou a respeito no caminho de volta do minimercado...

Alguém que vive em Kansai, até mais longe de Tóquio, não vai vir até esta cidade para roubar bonecas francesas, será...

Então, é tarde demais. E só restam mais cinco dias até a prescrição.

Eu queria perguntar... Você é mesmo uma terapeuta profissional? Você me lembra cada vez mais a mãe de Emily... Mas só estou imaginando coisas, ao que parece.

Sinto muito, mas minha cabeça está arrebentando. Posso ir para casa agora? Ainda chove um pouco. Gostaria que eles viessem me buscar, mas não tenho celular, então dá para você ligar para eles para mim? Não tenho o número do celular comigo, está em casa... Chame o Departamento de Bem-estar Social na prefeitura, por favor.

Dez meses e dez dias

Minhas contrações ainda estão com vinte minutos de intervalo, parece que eles não vão me deixar ficar na sala de espera, ainda. Podemos falar aqui, se não se importa? Eu sei... Uma sala de espera num hospital grande, no meio da noite, é algo sombrio e meio sinistro, mas ninguém vai nos incomodar, então é possível que seja realmente um bom lugar para conversar sobre aquele incidente. Também tem uma máquina de venda automática. Mas eu estava pensando: você alguma vez já tomou um café em lata, desses vendidos em máquinas?

Jura? Você gosta? Jamais teria imaginado.

Há outras cinco mulheres aqui, esta noite, com contrações em intervalos de dez minutos, então o pessoal está meio ocupado. A enfermeira estava com uma expressão azeda no rosto, e me disse: "Você não precisava ter vindo ainda...". Eu mesma não planejei vir aqui tão cedo, e basicamente só parei para dizer "oi", mas você não acha que foi grosseiro da parte dela? Eu pensava que dar à luz era um acontecimento mais sagrado, uma coisa que as pessoas apreciassem mais. Especialmente com o declínio da taxa de natalidade nesta região.

Não estava tão lotado aqui quando vim para minha última consulta, e me pergunto por que esta noite, entre todas as outras.

Sempre sinto como se eu fosse um fardo na vida, mas nunca imaginei que, quando se tratasse de dar à luz, eu seria tratada como se estivesse numa linha de montagem. Azar o meu!

Minha data de parto ainda é um pouco mais para a frente, e na minha consulta, na semana passada, me disseram que o bebê poderia se atrasar um pouco, mas hoje saí à noite, coisa que não faço muito, e vai ver que a mudança de fase da lua causou algum impacto. Sempre escuto isso.

Minha data de parto é 14 de agosto.

Um ano tem 365 dias. Isso não faz você se perguntar por que hoje, entre todos os dias? Só um dia antes ou depois já bastaria, mas o médico disse que o dia é hoje. Então não posso fazer nada a respeito.

Um número surpreendente de pessoas não sabe calcular, com precisão, o período normal de gestação. A noção de *dez meses e dez dias* citada pelas pessoas está errada, para começo de conversa...

Por exemplo, digamos que seu médico fale que sua data de parto é 10 de outubro. Então, a maioria das pessoas simplesmente subtrairia dez meses e dez dias e imaginaria que o casal teve relação em 1º de janeiro. Mas não é o caso. Você não calcula a data de parto contando *dez meses e dez dias* a partir da hora em que você fez sexo, mas sim quarenta semanas, ou 280 dias, a partir do começo do seu último período menstrual. É um pouco complicado, mas o que se faz é subtrair três do mês em que seu último período começou. Se não puder subtrair três, então acrescente nove, depois acrescente sete ao dia em que seu último período começou.

No exemplo que eu dei, o dia em que o último período começou seria 3 de janeiro, então o sexo que levou à gravidez teria acontecido, com maior probabilidade, entre 15 e 19 de janeiro, contando uma semana para o período menstrual, e uma semana depois para a ovulação.

Você já deu à luz, então sei que não preciso te explicar isso. A maioria das pessoas não se preocupa, de fato, em calcular exatamente qual relação sexual levou à gravidez, mas uma amiga minha do ensino médio, Yamagata, quase se divorciou por conta disso.

Yamagata casou-se com um homem que é um tipo sério e meticuloso, e quando ela apresentou sinais de gravidez, foi ao hospital e soube que estava grávida de três meses. Feliz, contou ao marido. Ele também ficou superfeliz, e circulou a data do parto no calendário. Mas quando voltou os *dez meses e dez dias*, no calendário, para calcular quando a criança foi concebida, viu que tinha sido quando estava em uma viagem de negócios. E foi então que começou a ter dúvidas.

"Tem certeza de que o filho é meu?", perguntou. "Você teve um caso quando eu estava fora da cidade?" Ele começou a pressionar Yamagata, insistindo para que ela lhe mostrasse seu celular, e as coisas rapidamente se agravaram. Ela, por sua vez, simplesmente ouvira a data do parto e, sem saber a maneira exata de calcular a concepção, não podia explicar aquilo com facilidade. "*Eu nunca, jamais tive um caso!*", rebateu. Tudo o que conseguia fazer era repetir sua negativa. Logo, começou a especular se seu marido não a estaria acusando por ele mesmo se sentir culpado em relação a alguma coisa, e começou a lançar suas suspeitas sobre ele. Os dois acabaram tendo uma briga séria.

Nenhum deles cedeu, e o marido acabou anunciando que, se descobrisse que o filho não era seu, ele se divorciaria. Não sei se é possível fazer alguma coisa desse tipo quando a pessoa está grávida de apenas três meses, mas no dia seguinte os dois foram até o hospital e insistiram em fazer um teste de DNA.

A enfermeira explicou como calcular a data do parto e eles perceberam que tinham errado feio. O bebê tinha sido concebido na noite em que o marido havia voltado de uma viagem de negócios de dois meses, a primeira noite juntos novamente, quando fizeram um amor apaixonado depois da sua longa ausência. Assim, eles tinham ficado nervosos à toa. Pensando bem, Yamagata trabalha na fábrica da Industrial Adachi... Não que isso tenha importância... Mas é bom ser como aqueles dois, expondo tudo às claras. As dúvidas de um em relação ao outro foram resolvidas em um dia. Seria horrível para uma mulher, só por causa dos problemas de cálculo de uma data de parto, saber que o marido teria no coração, eternamente, o veneno da dúvida quanto a uma infidelidade que jamais aconteceu.

Existem outras pessoas que são o oposto, que respiram de alívio por não saber que erraram no cálculo.

Como meu cunhado, marido da minha irmã mais velha.

Subtraia *dez meses e dez dias* de 14 de agosto e você terá 4 de novembro. Ele e eu dormimos juntos em 21 de novembro, então ele imaginou que não fosse seu filho. Foi isso que ele pensou, ou melhor, do que ele se convenceu.

E eu nunca lhe contei que o bebê é dele. Falei a meus pais e minha irmã que não podia revelar quem era o homem, que tinha tido um caso com um dos meus chefes no trabalho, e eles acreditaram, meu cunhado me disse.

A criança na minha barriga é cem por cento do meu cunhado, mas não posso culpá-lo, já que fui eu quem o seduziu. A primeira vez que minha irmã o trouxe a nossa casa foi há quatro anos, e me apaixonei por ele desde então.

O que eu amo nele? Mais do que a aparência ou a personalidade, amo seu local de trabalho, ou melhor, sua profissão. Acabei me apaixonando por ele ser policial. Sempre gostei de histórias de detetive na TV, mas meus sentimentos especiais pela polícia começaram no dia do assassinato de Emily.

Você deve ter ouvido isso das outras três meninas, mas logo depois do assassinato, Maki me pediu que fosse até a delegacia local. Ficava no caminho da escola e eu passava por lá todos os dias, mas aquela era a primeira vez que entrava. Nunca perdi nada, nem fiz algo especialmente errado, então não havia motivos para isso.

Mesmo que Emily me tratasse mesmo como uma ladra. Você não sabia?

Me desculpe, mas podemos fazer uns cinco minutos de intervalo? Meu estômago está me matando.

Acho que Maki contou sobre o modo como brincávamos de Exploradoras, mas não é incrível que tudo o que ela disse na reunião de pais e mestres tenha saído na Internet? Pelo jeito, um pai estava gravando tudo, o que me levou a pensar... Você está gravando isso, agora? Não que realmente importe...

Fui eu quem descobriu que podíamos entrar no chalé abandonado. Nossa família cultiva uvas, e o que eu mais detestava na vida era ajudar nos trabalhos do campo. Achava totalmente injusto que, só pelo fato de ter nascido em uma família agrícola, eu também tivesse que fazer, de graça, o tipo de trabalho que jamais teria tido que fazer se tivesse nascido em uma família comum de classe média. Não que eu detestasse tudo o que aquilo implicava. Porque havia o chalé. Os fundos da nossa propriedade davam para o terreno do chalé, e, sempre que eu era convencida a ajudar no campo, fazia uma pausa e vagava pela área como se ela fosse minha propriedade. A área externa do chalé era bem sofisticada, e tentei muitas vezes dar uma olhada dentro, imaginando que também seria esplêndido, mas as janelas e portas estavam firmemente cobertas com tábuas.

Se você levasse um lanche ou um almoço e comesse debaixo da grande bétula branca ao lado do chalé, não se sentiria como se fosse uma menina de uma terra estranha em um chá da tarde? Quem teve essa ideia foi minha irmã. Três anos mais velha do que eu, ela era boa em inventar maneiras de se divertir. Naquela época, eu amava mesmo a minha irmã.

"Devíamos levar comidas que combinem com aquele chalé", ela dizia, e assava biscoitos e fazia sanduíches sofisticados na véspera de irmos trabalhar no campo. Eu digo sofisticados, mas eles eram, na verdade, bem comuns. Os supermercados caipiras não vendem nenhum tipo diferente de presunto ou queijo, então os sanduíches só tinham ovos cozidos, presunto assado, pepinos, coisas assim... Mas ela os embrulhava como doces em lindos papéis de embrulho, e os fazia em formato de coração. Depois os colocava em um cesto forrado com um lenço estampado com morangos.

Por sofrer muito de asma, minha irmã raramente era chamada para ajudar nas plantações, então fazia tudo isso só para mim. É isso aí, asma. E pessoas que têm asma sofrem mesmo morando na cidade com o ar mais limpo do Japão.

Um dia, no começo de junho, durante uma pausa nos trabalhos da fazenda, fui até o chalé com alguns biscoitos que ela tinha assado.

Nossa propriedade dá para o fundo do chalé, mas nesse dia notei que algo estava um pouco diferente. A porta de trás, geralmente coberta com uma tábua larga, pregada em cima dela, agora estava exposta. Era marrom-escuro, com uma maçaneta dourada.

Vai ver que está aberta, pensei, entusiasmada, e virei a maçaneta, mas estava trancada. Decepcionada, olhei pelo buraco da fechadura, e me lembrei de um filme da TV, em que alguém usava um grampo para destrancar uma porta. Peguei o grampo que usava para prender minha franja e enfiei na fechadura. Não esperava que funcionasse, mas gostei de como aquilo me deixava empolgada. Girei o grampo dentro da fechadura, senti que ele enroscava em alguma coisa, depois o girei devagar, ouvi um clique e a porta se abriu. Não levou nem um minuto.

Empurrei devagar a porta pesada, que dava para a cozinha. Havia algumas prateleiras embutidas, mas nada de pratos, panelas ou frigideiras. No fundo havia um balcão de bar, e senti como se, de repente, vagasse dentro de uma casa em terra estranha.

Eu não era corajosa a ponto de realmente entrar. *Vou contar isso para minha irmã*, foi meu primeiro pensamento, mas fiquei na dúvida sobre levá-la a um lugar tão empoeirado. Quando seus sintomas pioravam, era de fato doloroso. Assim, em vez disso, no dia seguinte contei a Maki. Ela sempre tinha ótimas ideias sobre como se divertir, mas não tantas como minha irmã.

Às vezes, quando brincávamos ali, havia muitas crianças conosco, mas seria um problema se as crianças mais velhas da escola, ou os pais, descobrissem que iríamos entrar às escondidas no chalé, então decidimos convidar apenas nossas colegas de classe do distrito oeste da cidade. As mesmas meninas que estavam lá no dia do assassinato.

Assim que destranquei a porta e nós cinco, com a respiração suspensa, nos esgueiramos para dentro, cada uma começou a se divertir por lá. Era a primeira vez que eu punha os olhos numa lareira de verdade, numa cama com dossel e numa banheira com pés de garras. A casa de Emily também tinha muitas coisas que eu nunca tinha visto, mas nada parece tão banal quanto coisas maravilhosas que você sabe que pertencem a outra pessoa. Aquele chalé não era meu, mas também não pertencia a nenhuma de nós cinco. Além disso, até Emily ficou surpresa, pois também nunca tinha visto uma lareira. O chalé era nosso castelo compartilhado, nosso esconderijo secreto.

Emily fez uma proposta interessante, agora que tínhamos esse esconderijo secreto. "Vamos esconder tesouros dentro da lareira. Não apenas esconder, mas transformá-los em lembrancinhas para alguém, escrever uma carta endereçada a essa pessoa em cada tesouro escondido." Estávamos na idade em que era fácil inventar coisas, e ficamos totalmente envolvidas nessa brincadeira; trouxemos nossos tesouros e material de papelaria de casa, e nos jogamos no chão da sala de visitas para escrever nossas cartas. Enderecei a minha à minha irmã, que fingi ter morrido.

Querida irmã, agradeço por sempre ter sido boa comigo. Farei o possível para que mamãe e papai não fiquem muito tristes, então, por favor, tenha um bom e longo descanso no céu.

Foi o que escrevi, pelo que me lembro. Enquanto escrevia, senti, de fato, que minha irmã tinha morrido, e chorei um pouco. Coloquei a carta, junto com um marcador de livros com uma flor prensada, que ela tinha me comprado em uma viagem de escola, numa linda lata que Emily me trouxe de casa na qual, segundo ela, originalmente continha biscoitos.

Cada uma de nós colou sua carta sem mostrar às outras, mas mostramos nossos tesouros. Sae pôs um lenço, Maki, uma lapiseira, Akiko, um chaveiro. Itens típicos da garotada. Mas o de Emily foi diferente. Seu tesouro era um anel de prata com uma pedra vermelha. Até crianças do campo, como nós, sabiam que não era um brinquedo. Àquela altura, deveríamos estar acostumadas com todas as coisas caras que Emily possuía, mas aquele anel realmente nos conquistou.

"Posso experimentar?", perguntei casualmente, estendendo a mão, mas Emily disse: "Ninguém, a não ser eu, jamais teve permissão para usar este anel". Pareceu algo que uma princesa de conto de fadas diria. Com cuidado, ela o guardou em seu estojo.

"Bom, então você não deveria ter trazido", resmunguei, meio irritada, enquanto Emily, agachada, escondia a lata de biscoitos com todos os nossos tesouros dentro da lareira. Creio que ela me escutou.

Foi uma semana depois disso que ela veio à minha casa.

Era um domingo à tarde, e chovia desde cedo. Eu estava deitada no meu quarto lendo gibis, lamentando o fato de não irmos brincar no chalé naquele dia, quando Emily apareceu. Não éramos especialmente próximas, então fiquei surpresa por ela vir me visitar sozinha. Fui até a porta da frente e Emily me disse numa voz baixa, mas agitada: "A mamãe está procurando o anel. Yuka, me ajude a buscar ele no chalé".

Ela estava se referindo ao seu tesouro. "Você pegou ele sem pedir à sua mãe?", perguntei.

"Estava no armário dela, mas é meu", disse. Achei aquilo difícil de entender. Na nossa casa, minha mãe sempre dizia que nos daria anéis quando fôssemos maiores; seu próprio anel de noivado para minha irmã, e um anel que ganhou da mãe dela para mim. Provavelmente, Emily queria dizer algo parecido.

Logo entendi por que ela tinha vindo me procurar. Eu era a única que conseguia usar um grampo para destrancar a porta do chalé. Quando as outras meninas me viram tirar o grampo da franja e destrancar a porta, todas quiseram tentar fazer aquilo, e cada uma teve sua vez. Mas, por algum motivo, ninguém mais conseguiu. Os grampos eram iguais. Você só tinha que enganchá-lo no fundo do buraco e girar, mas, por mais que eu explicasse, nenhuma conseguiu achar o ponto. Eu não esperava que Akiko conseguisse, mas Maki e Emily nunca tiveram dificuldade em resolver qualquer problema na escola, e fiquei espantada por não conseguirem pegar o jeito.

"Yuka, você é mesmo esperta", Sae me disse, então.

Eu sempre fui assim-assim em relação à maioria das coisas, e nunca me vi como esperta, embora sempre tivesse sido boa com as mãos. Não tinha uma pegada forte, mas conseguia abrir tampas de garrafas bem apertadas, desamarrar cordas que estivessem bem cheias de nós, e sempre fui boa em montar os pequenos projetos "faça você mesmo" que vinham com os mangás.

Emily e eu fomos até o chalé, abrimos a porta dos fundos sem problemas e fomos até a sala de visitas, onde ficava a lareira.

"Obrigada, Yuka. Espere só um segundo", Emily disse, e enfiou a cabeça na lareira. Depois de um instante, ela se virou: "Sumiu".

Tínhamos colocado a lata de biscoitos no canto direito da frente, mas, quando olhei, não consegui achar. "Tem razão. Sumiu", eu disse. Olhei da lareira e vi Emily olhando fixo para mim.

"Foi você, Yuka, não foi?"

De início, não consegui entender o que ela estava querendo dizer, mas vendo seu olhar gélido, entendi que me acusava. Não compreendi o motivo, então enfatizei, em voz alta: "Não fui eu!".

Mas Emily gritou de volta: "Tem que ser você, Yuka! Só você sabe destrancar a porta. Você ficou brava porque eu não te deixei usar o anel, foi por isso que pegou ele. Isso é roubo. E eu sei que você roubou outras coisas. Você roubou a borracha da Sae. Eu te vi usando, escondido, a borracha que ela achou que tivesse perdido. Se você não me devolver o anel, vou contar para o papai".

Emily começou a chorar alto. "Devolva o anel. Sua ladra... sua ladra..." Quis dizer um bocado de coisas para ela, mas percebi que nenhuma teria qualquer serventia.

Que tipo de coisas? A borracha que Sae tinha perdido era do mesmo tipo que todas as meninas do distrito oeste tinham. Numa festa de Natal para crianças, no ano anterior, todas nós ganhamos uma de presente. Depois que Emily soube que Sae tinha perdido sua borracha, simplesmente aconteceu de ela me ver usando uma idêntica, só isso. E eu não estava usando *escondido*, nem nada disso.

Agora, eu me pergunto se Emily pensaria a mesma coisa de Maki ou de Akiko se uma delas estivesse usando a borracha.

Que tipo de olhos você acha que são olhos *cobiçosos*? Minha mãe me disse muitas vezes, desde que eu era criança, que tenho esse tipo de olhos. Minha irmã e eu temos o mesmo tipo de olhos caídos, mas ela só disse isso para mim.

Certa vez, estávamos andando por uma rua, minha mãe e eu, e passamos por uma colega de classe com uma casquinha de sorvete. Eu só acenei para ela, do jeito que era de se esperar, mas minha mãe ralhou comigo: "Pare de encarar o que as outras pessoas têm", ela disse. "Essa é uma atitude muito gananciosa." Ela pareceu aborrecida. Quer dizer, era um dia quente, eu pensei mesmo que seria bom tomar um sorvete, mas não era como se estivesse morrendo de vontade.

Se você sente isso, pensei, *deveria ter me dado uma visão melhor.* Quando eu estava na terceira e na quarta séries, minha visão piorou muito, e os óculos que eu usava não a corrigiam bem, então eu olhava para as coisas apertando os olhos. Deve ter sido por esse motivo que ela teve essa impressão.

Me desculpe, desviei do assunto. Estava falando sobre a acusação de Emily.

Ela não parava de chorar e isso me deixou nervosa, então eu disse "Para mim chega", deixei o chalé e fui para casa.

Foi na noite do mesmo dia que Emily veio até nossa casa, junto com o pai. Minha mãe os convidou para entrar. Fiquei tão preocupada que eles fossem me acusar de roubo que me escondi no banheiro, mas minha mãe me chamou, de uma maneira muito delicada, para me convencer a sair.

Fui até a sala de visitas e meus olhos encontraram aquele alienígena de olhos esbugalhados. Seu marido. Era assim que a molecada da cidade costumava chamá-lo, em segredo. Você está rindo, mas eles costumavam chamar você, também... Me desculpe, deixe-me continuar.

Os dois estavam lá para me devolver meu tesouro, disseram. Quando Emily foi deixada sozinha no chalé, não soube o que fazer, porque não conseguia trancá-lo sozinha. Não podia contar à mãe sobre ele, porque ela saberia que Emily tinha pegado o anel e ficaria brava com ela, então, usou um telefone público perto do chalé para ligar para a Industrial Adachi e pedir ajuda ao pai. Ele estava trabalhando, mesmo sendo seu dia de folga.

O pai foi às pressas, direto do trabalho. Eles estavam parados em frente ao chalé, Emily contando toda a história, quando chegou um corretor de imóveis da cidade vizinha. Pela manhã, ele tinha levado um cliente de Tóquio, que queria começar uma escola alternativa ali, para ver o chalé. Após a visitação, como o homem tinha outro compromisso em algum lugar à tarde, o corretor o levou até a estação, e então estava ali mais uma vez. Ia colocar uma fechadura mais segura na porta dos fundos para impedir invasores.

Aparentemente, o cliente tinha encontrado a lata com nossos tesouros. "Vocês não deveriam continuar entrando aqui desse jeito", o corretor disse, e devolveu-lhe a lata. Emily me entregou o marcador de livros que estava na lata, bem como uma grande caixa de balas de uma conhecida loja de Tóquio, e disse: "Elas são mesmo gostosas; espero que goste". Sorria para mim, mas não me pediu desculpas por me tratar como uma ladra. Achava que quem mais tinha sofrido era ela, e que as pessoas perdoariam o que quer que tivesse dito, que com o tempo esqueceriam aquilo completamente. Ela era exatamente como você.

Nunca contei isso a ninguém, porque imaginei que as balas eram um suborno para manter minha boca fechada sobre o fato de ter sido tratada como ladra. De início, recusei-me a aceitá-las. "Não, obrigada, não preciso delas", eu disse. As balas estavam embrulhadas lindamente e eu queria muito prová-las, mas planejei recusar até Emily pedir desculpas. No entanto, minha mãe se intrometeu e aceitou.

"Emily e o pai desviaram-se do seu caminho para vir até aqui, então você não deveria se comportar assim", minha mãe me repreendeu. "Me desculpem, ela é muito arredia", ela disse, curvando a cabeça. "Espero que vocês continuem amigas."

Emily e o pai foram para casa satisfeitos, mas fiquei com a sensação de ser tudo muito injusto. E minha mãe ralhou comigo ainda mais depois que eles se foram. Não pelo fato de, por culpa de Emily, ter vindo à tona que entramos às escondidas no chalé, mas porque minha irmã disse: "Eu também queria entrar naquele chalé. Por que você não me contou?". E eu respondi: "Achei que fosse muito empoeirado". "Bom, me desculpe por ter asma!", ela disse, sarcasticamente, e caiu no choro.

"Por que você tem que se portar com tanta arrogância na frente da sua irmã?", minha mãe disse, nervosa comigo, mas eu não estava sendo arrogante de jeito nenhum. Depois que Emily e o pai foram embora, minha irmã tinha descido a escada, querendo saber o que estava acontecendo, e minha mãe contou a ela: "Yuka e aquelas meninas entraram às escondidas em uma casa abandonada atrás da nossa plantação".

Eu estava prestes a me defender, mas minha irmã falou antes. "Não é culpa da Yuka", ela disse. "Eu deveria ter mais paciência."

Ouvindo isso, minha mãe disse: "Não é sua culpa, Mayu", e ela deixou minha irmã escolher primeiro entre as balas trazidas por Emily.

Minha mãe sempre se sentiu muito mal por Mayu ter nascido tão doente, e aparentemente também se sentia mal por nunca ter dado um filho a meu pai. Mas ter uma filha míope como eu? Isso nunca pareceu afetá-la.

A miopia vem do lado da família do meu pai, mas nem a condição da minha irmã nem a do meu pai eram culpa da minha mãe. Nunca vi nenhum dos dois culpando-a. Acho que ela simplesmente gostava de se culpar. Masoquismo, talvez? Alguma coisa do tipo.

Mesmo assim, você não acha terrível que, quando a filha dela esteve envolvida em um assassinato, ela não tenha corrido na mesma hora até ela, para ficar ao seu lado?

Finalmente retomamos o assunto do assassinato.

Mas, antes que eu continue, você poderia esperar mais cinco minutos?

Depois que Akiko e eu nos separamos naquele dia, na entrada dos fundos da escola, corri direto para a delegacia. O policial encarregado da pequena unidade mudava a cada dois ou três anos, mas naquela época era um rapaz chamado Sr. Ando, um baita homem que ficaria muito bem em um *judogi*. Tinham me mandado contar a ele sobre o assassinato, mas eu estava assustada, com medo de que ele ficasse furioso por uma criança como eu entrar ali sozinha. O Sr. Ando estava conversando com uma velha que tinha entrado ali para contar alguma coisa, e quando vi como ele era gentil com ela, soltei um suspiro de alívio.

Eu tinha ido comunicar um assassinato, e tinha que fazer isso imediatamente, então deveria interrompê-los. Mas, como era minha primeira vez em uma delegacia, fiquei comportada num canto, esperando minha vez como se estivesse em uma sala de espera de hospital. O Sr. Ando deve ter pensado que eu não tinha nada muito importante para contar. Com uma voz gentil, o que não combinava nem um pouco com sua aparência, ele disse "Por favor, sente-se ali", gesticulando para que eu me sentasse em uma cadeira dobrável ao lado da senhora.

A velha estava contando sobre o roubo das bonecas francesas. A pessoa que as tinha roubado devia ser de Tóquio, ela dizia em um dialeto mais antigo, usado apenas por idosos, e tive esperança de que terminasse logo. De repente, me lembrei de quem ela era, e que a neta tinha andado se vangloriando de ir com a família para a Disney no feriado de Obon. *A velha deve se sentir solitária com todos fora*, pensei, e tive um pouco de pena dela.

Isso foi logo depois de Emily ser morta, é claro. Você está decepcionada por eu não ter me assustado com o assassinato, como as outras crianças? Honestamente, eu ainda não estava com medo. Não que fosse insensível ou qualquer coisa, nem por Emily ter me acusado de ser ladra. Foi simplesmente por não ter conseguido ver muito bem o que tinha acontecido.

Dois dias antes do assassinato, eu estava limpando a casa, antes da visita dos nossos parentes, e tinha pisado nos óculos que uso normalmente. Eu estava, então, usando um par de óculos mais antigo e não conseguia enxergar muito bem.

Assim, tudo o que pude perceber no vestiário pouco iluminado foi que Emily estava deitada no chão, e isso não foi suficiente para me aterrorizar. Só quando voltei à piscina foi que compreendi que alguma coisa terrível tinha acontecido.

A velha saiu e o policial voltou-se para mim. "Sinto muito por te deixar esperando", ele disse, amável. "Então, qual é o problema?"

"Minha amiga desmaiou na piscina da escola", eu disse, descrevendo o que tinha visto.

"Você devia ter me contado imediatamente", o policial falou e telefonou pedindo uma ambulância. Deve ter pensado que era um afogamento. Logo em seguida, colocou-me em seu carro-patrulha e fomos para a escola.

O policial só entendeu que alguma coisa alarmante tinha acontecido quando chegou à piscina e viu você ali, sentada no vestiário dos meninos, segurando Emily bem juntinho, chamando seu nome sem parar. Quando vi isso, também me dei conta de que Emily estava mesmo morta.

Provavelmente teria sido melhor, para preservar a cena do crime, não segurar o corpo daquele jeito, algo que o policial deu a entender de modo gentil, mas duvido que a voz dele tenha chegado até você.

Havia mais uma pessoa ali, Sae, mas ela estava agachada do lado de fora do vestiário, os olhos fechados, as mãos pressionando com força os ouvidos, e não respondeu quando a chamamos. Então, cabia a mim explicar o que tinha levado àquilo.

Estávamos jogando vôlei na sombra ao lado do ginásio quando um homem com uniforme de trabalho chegou e perguntou se alguma de nós poderia ajudá-lo a verificar a ventilação nos vestiários da piscina. Ele levou Emily consigo. Continuamos jogando por um tempo, mas quando a música das seis horas, "Greensleeves", começou a tocar e ela não tinha voltado, fomos procurá-la. Foi aí que a encontramos deitada no vestiário dos meninos.

O policial escutou com atenção, tomando notas em um bloco.

A ambulância chegou pouco depois, então veio um carro-patrulha da polícia do distrito, e as pessoas da vizinhança começaram a vir para ver o que estava acontecendo... Logo, a área em volta da piscina estava fervilhando de gente. A mãe de Sae entrou em pânico e levou-a para casa nas costas. Logo depois, chegaram as mães de Akiko e Maki, e eu me lembro da mãe de Akiko muito nervosa, dizendo: "Minha filha chegou sangrando na cabeça". A mãe de Maki chamou seu nome em voz alta, procurando por ela, mas as coisas estavam num tumulto tal que nenhuma dessas mães se sobressaía na multidão.

No meio de tudo, fui deixada sozinha. Eu era uma das pessoas diretamente envolvidas no assassinato, mas ninguém prestou atenção em mim. O policial local contou ao policial do distrito, que havia chegado, o que eu havia contado a ele.

Talvez o assassino esteja no meio da multidão aqui, pensei, *e poderia me levar embora sem que ninguém percebesse*. Havia muitas pessoas perambulando por ali, mas nenhuma delas me salvaria... Seria possível existir uma coisa mais apavorante?

Querendo que o policial prestasse atenção em mim, esforcei-me ao máximo para pensar se havia mais alguma coisa que eu poderia relatar. Recuperei a bola de vôlei em frente ao ginásio e entreguei a ele, dizendo que poderia haver impressões digitais nela, e reconstituí no vestiário das meninas, ao lado, como Emily estava deitada no chão. Estava desesperada para ser notada.

Enquanto fazia tudo isso, o policial do distrito veio até mim e fez uma porção de perguntas sobre o assassino. Fiquei animadíssima porque, finalmente, alguém tinha me notado, e tentei ao máximo me lembrar, embora os detalhes, especialmente os traços faciais do homem, me escapassem por completo. Não é que eu não conseguisse me lembrar, e sim que, como disse antes, por causa do meu problema de visão, eu não tinha visto muita coisa, para começo de conversa. Quando estávamos tentando conseguir cem passadas em sequência, fui eu quem errou, mandando a bola na direção de onde estava o homem. Se eu estivesse com meus óculos normais, teria visto melhor o rosto dele, talvez não a ponto de ver pintinhas, cicatrizes ou coisas do tipo, mas pelo menos os contornos principais dos seus traços. Só que eu não estava, e isso me frustrou demais.

Fiquei brava com minha mãe, que sempre me dizia para subir em uma cadeira e limpar as prateleiras sujas, porque era poeira demais para minha irmã lidar. E brava porque, embora metade da cidade parecesse ter se juntado nas dependências da escola, minha mãe ainda não tinha aparecido. Nossa casa ficava no distrito oeste, mas bem longe da escola, e talvez ela tivesse acabado de saber sobre o terrível acontecimento. *Agora, ela deve chegar a qualquer minuto*, pensei, e esperava por ela. Ela me deixava nervosa, mas eu ainda a amava muito.

A investigação continuou até tarde, mas por volta das nove da noite o policial me levou para casa, Quando abri a porta e minha mãe viu o policial, mostrou-se envergonhada.

"Ah, sinto muito por ter se dado a todo esse trabalho", disse. "Eu estava pronta para ir buscá-la. A Sra. Shinohara me telefonou para dizer que uma coisa terrível tinha acontecido na escola, mas o fato é que minha menina mais velha não anda se sentindo bem desde cedo. É, ela sofre de uma asma terrível. Não conseguiu comer nada, mas à noite disse que poderia tomar uma sopa de legumes, e eu estava fazendo para ela. Por mais que esteja se sentindo mal, ela consegue engolir meu creme frio. E meu marido é o filho mais velho de sua família, então, como o senhor pode ver, estamos bem ocupados com parentes por causa do Obon..."

Uma pessoa tinha acabado de ser assassinada, mas minha mãe conseguia sorrir e reclamar desse jeito. Comecei a chorar. Não tenho certeza se foi por me sentir miserável ou triste... Me lembrei de você, soluçando alto, enquanto segurava sua filha morta. Se minha irmã tivesse sido morta, tenho certeza de que minha mãe também soluçaria assim, mas se fosse eu, provavelmente ela nem apareceria.

Meu pai? Passou a tarde toda bebendo com os parentes homens, e, à noite, tinha basicamente apagado. Se estivesse acordado, também duvido que fosse me buscar. "Muito esforço", posso imaginá-lo dizendo. Ele era o herdeiro da família, e foi excessivamente mimado enquanto crescia, mas quando se tratava de qualquer criança que não fosse ser sua herdeira, especialmente sua filha mais nova, parecia estar pouco se lixando. Não que tivesse uma tonelada de dinheiro para passar para a frente, com certeza não tinha.

Enquanto eu continuava chorando, minha mãe me deu mais uma bofetada verbal.

"Você está na quarta série", disse. "Deveria ter vindo para casa sozinha."

Aí eu não teria ficado tão constrangida, ouvi uma voz dentro de mim acrescentar. Para eles, não fazia diferença se eu estava viva ou não. E se meus pais eram assim, minha visão embaçada do mundo era igual: ninguém mais iria reparar em mim também, mesmo que tivesse uma visão boa.

Enquanto eu pensava tudo isso, o policial ao meu lado disse à minha mãe: "Fui eu quem não deixou que ela voltasse. Por favor, aceite minhas desculpas".

Ele se virou para mim, curvou seu corpo enorme e me deu um tapinha na cabeça.

"Você deve ter ficado assustada", acrescentou. "Então agradeço por me contar tudo a respeito. Deixe que nós, policiais, cuidemos de todo o resto agora. Vá descansar."

Sua mão grande, áspera e quente quase envolveu minha cabeça. Nunca esqueci a sensação. E, desde aquele dia, ando procurando uma mão que faça com que eu me sinta daquele jeito.

A maior mudança depois do assassinato foi a atitude da minha irmã em relação a mim.

Minha mãe, talvez se sentindo mal por ter sido a única mãe que não foi buscar a filha, começou a ser estranhamente boazinha comigo. "Está com fome?", perguntava. "Tem alguma coisa especial que você gostaria de comer? Quer que eu vá até a locadora na cidade vizinha pegar um filme de comédia para você?" Era mais ou menos por aí, mas era uma novidade ela ser tão solícita.

"Está bem, então eu gostaria de um bife gratinado", disse a ela.

Mas naquela noite, à mesa de jantar, havia *noodles* frios, frango ao vapor e uma salada de ameixa preta desfiada. "Sua irmã não pode comer coisas quentes", minha mãe explicou, "elas provocam a asma". E quanto ao filme, minha irmã detestava desenho animado barulhento, então, no fim, minha mãe não alugou um para mim.

Portanto, tudo girava em torno da minha irmã. Ou seja, todos achavam que teria sido melhor se quem tivesse sido morta fosse eu.

Incapaz de continuar aguentando aquilo, derrubei a vasilha de *noodles* e gritei. Nunca tinha me comportado assim. Sempre achei que minha irmã se sentia mal, e tentava ser paciente. Mas agora era óbvio que eu é que estava passando por um momento difícil. E isso provocou minha irmã, que caiu no choro.

"Sinto muito", ela disse. "É tudo culpa minha. Se pelo menos eu tivesse mais saúde, a Yuka não teria que se sentir assim. E eu mesma poderia ter feito um gratinado para ela, já que está tão deprimida. Eu queria não ter nascido assim, com este corpo... Por que tenho que sofrer assim? *Por quê*, mamãe? Me *diga*..."

Enquanto ela reclamava, aos prantos, minha mãe dizia "Sinto muitíssimo, Mayu. Me perdoe", e abraçava minha irmã com força, chorando alto. Isso foi no dia seguinte ao assassinato.

Depois disso, sempre que eu precisava ir com minha mãe para ser interrogada pela polícia, os sintomas da minha irmã apareciam, e no lugar dela quem me levava era a mãe de Maki. A notícia sobre o assassinato de Emily apareceu na TV, e quando meu pai perguntava sobre o que a polícia tinha me interrogado, minha irmã dizia que tudo era tão horroroso que tinha perdido o apetite, e largava seus *hashis*. Aos poucos, o assassinato passou a ser um tabu, já que deixava Mayu nervosa. Exatamente como antes, era com ela que todos se preocupavam, e eu era, basicamente, um zero à esquerda.

Eu sabia que era inútil reclamar a respeito, mas isso não quer dizer que não me afetava. Longe disso. Dia após dia, fui ficando mais ansiosa. Tinha certeza de que a polícia logo pegaria o criminoso, mas não havia sinal de prisão iminente. O que deve ter sido, em certo sentido, por nossa causa. Éramos apenas crianças, mas mesmo assim éramos quatro testemunhas, e, no entanto, nós quatro dissemos que não conseguíamos nos lembrar do rosto do homem. Eu podia entender como Sae, basicamente covarde, e Akiko, sempre meio avoada, e agora com um machucado na cabeça, pudessem não se lembrar, mas não conseguia acreditar que Maki também não se lembrasse. Quero dizer, até eu podia me lembrar de tudo o que consegui ver.

Mas não acredito que esse foi o único motivo para a investigação dar com os burros n'água. O dia do assassinato tinha sido Obon. Se o assassino tivesse vindo para a cidade de carro, normalmente alguém teria notado um veículo diferente. Mas, durante o Obon, famílias chegavam aos montes, mais de carro do que de trem, e a cidade ficava cheia de carros com placas de fora, de carros alugados, então aposto que não houve muitos relatos de veículos suspeitos.

Além disso, mesmo que vissem algum desconhecido andando pela cidade, a não ser que estivesse ensanguentado ou coisa assim, pensariam que era um parente de alguém em visita. Assim, ainda que o assassino tivesse mudado de roupa e enfiado seu uniforme de trabalho em uma sacola, as pessoas só o classificariam como um parente de fora em visita para o feriado.

Até o ano anterior, as pessoas poderiam ter se perguntado quem seria um desconhecido se acontecesse de cruzarem com ele na rua, mesmo durante o Obon. Mas depois que foi construída a fábrica da Industrial Adachi, a cidade vivia cheia de gente estranha, então acho que menos pessoas prestavam atenção em desconhecidos. Algo parecido com a indiferença de gente de cidade grande.

Talvez ser indiferente seja bom depois que você se acostuma com isso, mas eu estava louca pelo oposto: que alguém prestasse atenção em mim. O que veio à minha mente, então, foi o policial que me levou para casa na noite do assassinato, o Sr. Ando. Eu sabia que, se tinha alguém que escutaria tudo o que eu tinha a dizer e me protegeria do assassinato, seria ele. Comecei a pensar, desesperadamente, em desculpas para visitar a delegacia.

Alguém como você, simpática e sociável, pode se perguntar por que eu precisava ter um motivo para essa visita. Você simplesmente entraria lá, diria "oi" com um sorriso e conversaria sobre a escola e outros assuntos. Mas isso estava além da minha capacidade. Se eu pusesse um pé lá dentro e ele perguntasse "O que foi?", e eu não conseguisse responder, acho que sairia correndo porta afora. Sem contar a maneira como minha irmã era tratada. Como éramos uma família rural, desde que me lembre, mesmo aos sábados, me diziam: "Estamos ocupados, não atrapalhe". Não havia ninguém para me ensinar que eu não precisava de um motivo especial para, às vezes, querer me comportar de um jeito um pouco mimado, querer que as pessoas prestassem atenção em mim.

No começo, visitava a delegacia para dar informações que eu pensava serem pistas para o assassinato. Por exemplo, embora não conseguisse me lembrar do rosto do assassino, sua voz me lembrava a de certo ator, e o fato de que, embora houvesse vinte e poucas casas no distrito oeste que tinham bonecas francesas, as que foram roubadas eram todas da nossa lista das dez melhores. Não era um tipo de informação muito útil, e, em menos de cinco visitas, fiquei com falta de material.

Também ia à delegacia quando encontrava moedas caídas pela rua, mas isso não acontecia com muita frequência, então comecei a usar moedas de cem ienes da minha própria bolsa. Agora, pensando nisso, é como um desses bares nos quais você paga para um homem ficar com você e conversar. E, na verdade, cerca de dez anos depois daquilo, eu realmente frequentei esse tipo de bar por um tempo. Só agora é que percebo de fato por que queria ir a esses lugares.

Sabe, eu sinceramente te detesto, e não posso dizer que esteja gostando disso, mas quando converso com alguém começo a perceber coisas que não perceberia sozinha. Depois do assassinato, nós quatro não voltamos a brincar juntas, e nem por uma vez conversamos entre nós sobre o crime. Mas vai ver que se *tivéssemos* conversado mais todas essas coisas horrorosas não tivessem acontecido.

Coisas horrorosas, no meu caso, significam... Seis meses depois do assassinato, roubei em loja pela primeira vez.

Ah, isso dói... Por favor, me dê licença mais cinco minutos.

Acabei me distanciando das meninas com quem brincava diariamente, e minha irmã, sempre boazinha comigo, agora me tratava como inimiga. Me convenci, mais uma vez, de que meus pais não me amavam, e acabei esgotando os motivos para visitar a delegacia. Estava muito, muito só...

Um dia, precisei de um lápis 4B especial para a escola, para a aula de desenho, mas só tinha trinta ienes na bolsa. "Preciso de um lápis para a aula de desenho", disse a minha mãe, e ela respondeu: "Eu te dou mesada. Use-a". Não contei a verdade e fui até a papelaria, descobrindo que o lápis custava cinquenta ienes.

A papelaria era uma loja pequena, perto da escola, a cargo de uma senhora mais velha. Os lápis estavam expostos em um estojo plástico vertical, e eu peguei um, pensando *O que devo fazer? O que devo fazer?* e segurando o lápis com força... Então o enfiei na manga da jaqueta. Não pude acreditar no que tinha feito, e me virei para a porta para esconder da vendedora. Quase gritei. Ali, do outro lado da porta de vidro, estava minha irmã, me encarando.

Ao entrar na loja, ela disse: "Você veio comprar um lápis 4B, certo? Eu tenho um, então você poderia ter usado ele. Já comprou?".
Em silêncio, sacudi a cabeça.

"Ótimo. Vim comprar uma lapiseira. Por que não compro uma para você também? Duvido que outra criança na escola fundamental tenha uma. Você pode se gabar dela. Vamos comprar do mesmo tipo, mas de cores diferentes. Qual você gostaria, rosa ou azul-claro?"

Minha irmã sorriu e estendeu duas lapiseiras lindinhas para mim, cada uma no valor de trezentos ienes. Aquela era a primeira vez que ela sorria para mim desde o assassinato, o que me deixou intrigada, então apenas olhei em silêncio para as lapiseiras. Por que ela estava sendo tão simpática comigo? Será que tinha acontecido alguma coisa boa com ela? Hesitante, eu ia pegar a lapiseira azul-claro, quando senti uma coisa dura me espetando o braço. O lápis dentro da minha manga.

Talvez ela tivesse me visto roubando e planejasse contar para nossa mãe quando chegasse em casa. Se meu roubo fosse descoberto, eles a adulariam ainda mais e teriam ainda mais aversão por mim. Minha irmã mal poderia esperar por isso. Eu deveria tirar o lápis da manga, dizer a ela que não precisava da lapiseira e pedir que, em vez disso, me comprasse aquele? Mas eu não fazia ideia do que ela diria se eu mostrasse o lápis roubado.

Enquanto eu sofria com isso, minha irmã passeava pela seção de borrachas e esferográficas coloridas, e, incapaz de suportar a culpa, ou melhor, a sensação de desespero por minha irmã ter me visto com a boca na botija, saí correndo da loja. Não fui para casa, e, não tendo amigas que pudesse visitar, antes de me dar conta, estava me dirigindo para a delegacia. É um pouco estranho ir para uma delegacia logo depois de roubar uma loja, mas percebi que era o único lugar que me acolheria.

Cheguei à delegacia, mas fiquei em dúvida quanto a entrar. O Sr. Ando, porém, me viu e me chamou.

"Ei, Yuka! Está bem frio hoje, não está? Entre e se aqueça."

Não foi *Por que você veio aqui? Qual é o problema? Aconteceu alguma coisa?* Só *Está bem frio.* Tirei o lápis da manga e disse "Roubei isto, sinto muito", e caí no choro. Não fiz isso para ser perdoada ou coisa assim. Ele poderia ter ficado bravo; por mim, tudo bem. Na verdade, era o que eu queria.

Mas o Sr. Ando não ficou bravo. Ele me sentou na cadeira ao lado do aquecedor a querosene e tirou uma sacola de plástico transparente da gaveta da sua escrivaninha. Dentro, havia por volta de trinta moedas de cem ienes.

"Estas não são moedas que as pessoas de fato perderam, são?", perguntou. "Acho que você estava preocupada com o andamento da investigação e trouxe-as aqui, fingindo que alguém as deixou cair. Sinto muito por não termos conseguido achar o assassino. Sei que isso te deixa com medo. Você não precisa fazer uma coisa dessas; pode vir aqui a hora que quiser. Não precisa ter um motivo especial. Agora, pegue isso e vá pagar o que pegou. Diga à vendedora que você esqueceu a bolsa e foi buscá-la, e ela vai te perdoar."

O Sr. Ando pôs a sacola de moedas nas minhas mãos. Sua mão grande cobrindo a minha e a sacola pareceu tão reconfortante quanto no dia do assassinato. Fez com que eu sentisse que não estava só. Agradeci e fui até a papelaria, mas a senhora que tomava conta de lá disse que minha irmã tinha pagado para mim. A senhora não tinha reparado no meu roubo, e minha irmã contou tudo a ela, pedindo desculpas em meu nome. "Que irmã maravilhosa você tem", a senhora disse.

Quando cheguei em casa, minha mãe me parou na porta e não me deixou entrar. Em vez disso, trancou-me no barracão. "Crianças que roubam ficam aqui dentro até de manhã", ela disse. Ali não tinha luz nem roupa de cama, mas quando tirei as moedas da sacola e me lembrei da sensação da mão do policial, não fiquei nem um pouco triste ou com medo.

O que me deixou triste foi o Sr. Ando ir embora no mês seguinte. Ele tinha passado nos exames e estava sendo realocado para a sede da polícia distrital – para ele, uma promoção, para mim, um golpe terrível. No dia em que ele deveria partir, fiquei ali parada, muda, com a cabeça baixa, em frente à delegacia, incapaz de pensar em uma maneira agradável de me despedir. Ao me ver, o Sr. Ando disse: "Um policial veterano ficará no meu lugar, então, se alguma coisa te deixar preocupada, venha vê-lo a qualquer hora". Mas o homem que ficou no lugar dele, mais velho, encurvado, com uma família própria, não parecia muito confiável, então nunca mais visitei a delegacia.

Foi por isso – e sei que pode parecer egoísmo – que, a partir daí, roubei muitas vezes. Não por ser divertido ou por não ter dinheiro suficiente para a despesa; só queria que alguém prestasse atenção em mim. Eles não vieram me buscar quando houve um assassinato, mas imaginei que, se a polícia ligasse para os meus pais irem até a delegacia me buscar, eles teriam que ir. Mas talvez minha habilidade tenha funcionado contra mim, porque quase nenhum dos lojistas notou que eu estava roubando. Os únicos que perceberam, e falaram comigo, foram os moleques do começo do ensino médio que ficavam fazendo hora pela cidade até tarde da noite. Finalmente, um grupo do qual eu podia participar.

Isso foi um ano depois do assassinato. Dois anos depois disso, você nos chamou até a sua casa.

Três anos depois do assassinato, você chamou todas nós, então com 13 anos, para ir à sua casa, e nos disse algo inacreditável. Meninas dessa idade, mesmo que levem vidas completamente comuns, estão cheias de dúvidas e expectativas sobre sua identidade, mas você nos chamou a todas de *assassinas*. E disse que precisávamos achar o homem que tinha matado Emily ou realizar um ato de penitência que te satisfizesse. Caso contrário, você se vingaria.

Você chegou a considerar o efeito que aquele seu passageiro rompante emocional teria sobre crianças? Depois de voltar para Tóquio, não esqueceu completamente tudo aquilo, em poucos dias?

Você e Emily podiam não ser muito parecidas por fora, mas a personalidade de vocês era muito parecida. E... também era muito parecida com a da minha irmã.

Cerca de dois meses antes de você me chamar à sua casa, minha irmã voltou a se comportar como a irmã mais velha boazinha que sempre tinha sido. O motivo era ridiculamente simples. Agora, ela estava no ensino médio e tinha um namorado, um garoto que a tratava como princesa. Eles se viam todos os dias no colégio e ainda falavam ao telefone até tarde da noite, e nos dias em que não havia aula, ela saía com ele até tarde. Ela me mostrou fotos que eles tinham tirado com uma câmara descartável, contando, empolgada, como tinham ido cinco vezes seguidas numa montanha russa em um parque de diversões. Eu não soube como reagir.

Mamãe estava feliz, dizendo "Agora que ela está crescendo, vai ficar fisicamente mais forte", mas ainda se preocupava com a minha irmã. "Sair não foi demais para você?", perguntava. "O que você comeu no almoço? Será que não é melhor, na semana que vem, você ficar em casa e não sair?"

Depois que minha irmã arrumou um namorado, esse tipo de observação, que tanto faziam parte da nossa conversa diária, passou a ser de mau gosto para ela. Sempre pensei que ela fosse o tipo que gostava de ser adulada, mas acontece que ela era mais o tipo que gostava de monopolizar alguém.

Com minha irmã passando a achar aquelas preocupações muito desagradáveis, minha mãe começou a se meter na minha vida. Achei isso um pouco egocêntrico da parte dela, mas não posso dizer que me incomodou muito. "Talvez você devesse consultar um médico de doenças psicossomáticas", minha mãe me aconselhou um dia, me pegando de surpresa. Haviam-se passado três anos desde o assassinato, então, por que dizer aquilo agora? Além disso, eu não via como o assassinato podia ter qualquer repercussão na minha vida cotidiana.

Quando falei à minha mãe que não havia necessidade disso, ela me disse, chorosa: "Acho que sua mania de roubas lojas, de ficar andando por aí a qualquer hora, tem a ver com aquele assassinato. Quero dizer, você nunca fez nada assim antes. Era, basicamente, uma criança séria, então, eu tinha certeza de que, com o tempo, você superaria isso, mas o assassino não foi encontrado e você está piorando. Eu não tinha dito nada, e os donos das lojas não te flagram com muita frequência, mas eu sei que você roubou de novo ontem. Essa expressão nos seus olhos me diz. É por isso que estou dizendo isso".

Eu tinha certeza de que ninguém sabia do que eu era capaz. E minha mãe nunca pareceu se preocupar com o que eu estava fazendo, só com o que minha irmã fazia. Então, nunca imaginei que ela prestasse atenção em mim. E dizer que percebia pelos meus olhos... A que tipo de olhos ela se referia? Voltei para o meu quarto, imaginei que fosse roubar numa loja e analisei meu rosto no espelho. Mas nada pareceu diferente.

Eu já estava pensando em parar de roubar, e foi nessa época que você me chamou à sua casa. Foi por isso que, depois de lá, prometi à minha mãe que nunca mais roubaria em lojas. Pus a culpa disso na ameaça que você me fez, dizendo que eu tinha que me *lembrar do rosto do assassino*. "Aquilo me assustou", eu disse para minha mãe, "e antes que eu percebesse o que estava fazendo, estava roubando nas lojas. Mas está, tudo bem agora", eu disse, "porque a mãe de Emily voltou para Tóquio".

Também cortei os laços com a molecada com a qual fazia hora à noite e passei a levar uma vida sossegada e séria. Eu era mais nova do que os outros da gangue, então eles não se incomodaram de eu dar o fora. Me formei no ensino médio e fui uma das duas únicas pessoas locais a ser contratada por uma sociedade de crédito imobiliário numa cidade próxima, então acho que se pode dizer que fiz o meu melhor. Vai ver que isso aconteceu porque você já não estava por ali.

Não me olhe assim. Só estou expondo os fatos. O que você fez naquele dia não passou de intimidação. Ameaçadas por você, as outras três meninas escolheram a penitência. Foi estúpido da parte delas fazer isso; elas não tinham feito nada de errado. Planejei ignorar aquilo tudo, mas, no final, decidi assumir a primeira opção.

Encontraria o assassino.

Mas não fiz isso por você... Fiz pelo meu cunhado.

As contrações estão vindo mais rápido agora, então, me dê licença para acelerar as coisas.

★ ★ ★ ★ ★

Minha irmã se casou quatro anos atrás. Tinha se formado numa faculdade com duração de dois anos, numa cidade grande deste distrito, e trabalhado em uma loja de departamento durante três anos, quando se casou. Depois do casamento, largou o emprego. Seis meses antes de se casarem, minha irmã trouxe o noivo a nossa casa. Eu estava morando em um apartamento numa cidade próxima, então voltei um dia antes para ajudar minha mãe a limpar toda a casa e receber os dois. Dessa vez, não quebrei meus óculos.

O noivo da minha irmã era alto e magricela, com um rosto pálido e simpático, exatamente o tipo que trabalha em uma loja de departamento, foi o que pensei... Mas minha irmã contou que ele era policial no Departamento de Polícia Distrital. Todos nós olhamos para ele, incrédulos, imaginando se alguém como ele poderia, de fato, capturar bandidos. Quase se desculpando, meu futuro cunhado explicou que estava no Departamento de Informações da polícia, e passava o tempo todo em frente a um computador. Essa foi a primeira vez que escutei que a polícia tinha um departamento desse tipo, mas com certeza podia imaginá-lo trabalhando o dia todo com computadores.

Perguntei onde os dois haviam se conhecido, e responderam ter sido numa reunião social. Uma senhora, vendedora de uma empresa de seguros de vida, cuja área incluía tanto a loja de departamento quanto o departamento de polícia, havia organizado a festa. A maneira perfeita para eles se conhecerem, pensei, já que minha irmã sempre foi boa em fazer com que um homem em quem tinha interesse a notasse. Assim, fiquei surpresa ao saber que seu noivo era quem tinha se apaixonado à primeira vista, indo atrás dela. Ele pareceu um pouco lunático ao contar a história.

Em questão de aparência, seu noivo era o tipo que sempre atraíra minha irmã, mas não o meu, então eu simplesmente o cumprimentei, apertei-lhe a mão e desejei felicidades aos dois. E foi aí que aconteceu. A mão dele me deu exatamente a mesma sensação. A mesma daquele policial, Sr. Ando...

Minhas lembranças não se apoiam muito no visual. Não era tanto sua aparência, mas a sensação da sua mão que me fez perceber que *eu o queria*. Queria tocar suas mãos, ser tocada por elas, tê-las só para mim. Não que aquele desejo fosse ser satisfeito. Naquele dia, e dali por diante, ele só tinha olhos para minha irmã.

O que eu sempre quis foi o que minha irmã tinha. Não que ela, intencionalmente, tomasse coisas que me pertenciam. Desde que nasci, minha mãe era inteiramente dela, e desde que o conheci, meu cunhado também era. Só estou dizendo isso.

Dois anos atrás, minha irmã passou por uma fase terrível. Sofreu um aborto e, depois, não conseguiu mais ter filhos. Era a estação movimentada para os fazendeiros e meus pais não puderam ajudá-la muito, então ela ficou no meu apartamento por um tempo, até recuperar as forças. Mas quando soube que uma das suas antigas colegas de escola tinha tido um bebê, caiu no choro, e fazia a mesma coisa sempre que havia um comercial de fraldas na TV. Duas semanas depois, no entanto, pareceu superar aquilo, e, despreocupada, voltou para as acomodações da polícia na cidade em que vivia com o marido.

Conseguiu um emprego meio-período em sua antiga loja de departamento e usava seu salário para viajar com as amigas do tempo de solteira. Meu cunhado? Estava sempre tão ocupado no trabalho que não parecia fazer diferença para ele se ela estava ou não em casa. Ele ficava feliz só de vê-la bem novamente.

Mas minha irmã cometeu um erro terrível.

Eu já tinha saído com seis homens ao todo... É tão surpreendente assim? Até alguém como eu consegue arrumar um namorado, sabia? No entanto, nenhum dos relacionamentos durou muito... Todos os homens diziam que eu era muito carente, quando tudo o que eu queria era apenas fazê-los felizes... Se o assassinato me traumatizou... É isso que você está perguntando? Eu diria, com certeza, que não. Provavelmente, o motivo foi eu não ter visto com clareza o modo como estava o corpo de Emily, o estado das suas roupas e assim por diante.

Seja como for, todos os homens com quem saí eram grandes, como se lutassem judô ou jogassem rúgbi, então minha irmã imaginou que esse era o meu tipo de homem e teve certeza de que eu não me interessaria por alguém como meu cunhado. Não passou pela cabeça dela que eu o *quisesse,* e ela me pediu para cuidar da casa enquanto estivesse fora.

Não, talvez tivesse notado... Afinal de contas, foi ela a primeira a perceber que eu estava roubando em lojas, então deve ter percebido meus sentimentos pelo seu marido. Ela sabia, mas acreditava que meu cunhado não a trairia, e talvez estivesse gostando de ver a minha reação. Se for esse o caso, ela provocou tudo contra si mesma.

Eu queria ir lá todos os dias, mas, considerando o tempo e a distância, só podia ir aos finais de semana para ajudar com os serviços domésticos. Gostei demais daquilo... Ia para lá nas manhãs de sábado, preparava o almoço, e então eu e meu cunhado comíamos, só nós dois. Às vezes víamos filmes, jogávamos jogos... À noite, quando eu dizia que estava indo e me dirigia para a porta, ele nunca me impedia. Exceto uma vez.

Novembro passado, surgiu a notícia de um vazamento de informações em nosso Departamento de Polícia Distrital. Será que foi amplamente divulgada pelo país? Não sei. Um arquivo altamente confidencial contendo o nome, o endereço e o passado de um menor que cometera um crime juvenil foi, inadvertidamente, postado em toda a lista de e-mails na rede anticrime da cidade. Foi essa a notícia.

A culpa foi do meu cunhado. Mais precisamente, isso aconteceu por causa de um novo tipo de vírus de computador que algum *hacker* infiltrou no sistema deles, mas meu cunhado era o responsável pela TI, então foi severamente punido. Minha irmã tinha reservado uma viagem para um *resort* em Hokkaido e foi em frente, dizendo que seria uma pena ter que pagar pelas taxas de cancelamento, então meu cunhado e eu ficamos sozinhos.

As mãos que eu quis por tanto tempo foram minhas apenas por uma noite. Isso aconteceu duas semanas depois de 14 de agosto, menos 280 dias. Mas não terminou aí, porque uma vida nova começou a crescer dentro de mim. Esta criança que luta para nascer bem agora...

Me Desculpe. Preciso de um minuto...

★ ★ ★ ★ ★

Quando soube que estava grávida, senti que tinha conseguido uma coisa incrível que precisava ter.

Eu poderia dar à luz o filho do meu cunhado, uma criança que minha irmã jamais poderia ter. Talvez, quando a criança nascesse, ele se divorciasse dela e se casasse comigo. Era isso que eu esperava, e parecia que, de fato, poderia virar realidade.

Meus pais ficaram chocados, minha mãe reclamando que não podia encarar nossos parentes e vizinhos por conta da vergonha de eu ter tido um caso e ficado grávida. Mas quando meu pai disse "Isso significa que agora temos um herdeiro", ela começou a ser mais otimista com a situação, levando minha cinta gestacional e eu ao templo local, para sermos abençoados, e me acompanhando às consultas médicas, embora eu insistisse que estaria bem sozinha. Depois que descobrimos que o bebê era menino, ela ficou ainda melhor comigo, fazendo todos os meus pratos preferidos sempre que eu vinha em casa e me deixando ver tanta TV e tantos filmes quanto eu quisesse. Mesmo quando minha irmã estava comigo.

Minha irmã tinha começado a fumar depois que voltou a trabalhar, e sempre que tirava um cigarro minha mãe ralhava com ela, o que realmente me sensibilizava. Incrível, né? Ela me tratou muito melhor do que depois do trauma do assassinato. Fez com que eu pensasse como era maravilhoso estar grávida.

Mesmo assim, era um grande tédio. Eu tinha enjoos matinais terríveis e precisei deixar o trabalho, mas depois que passei para o período estável, pós-enjoo matinal, me senti ótima e me arrependi de não ter tirado licença.

Pensei que deveria fazer alguma coisa que deixasse meu cunhado feliz. Me lembrei que a minha irmã havia dito que, durante o próximo remanejamento de pessoal, ele poderia ser mandado para algum distrito no fim do mundo. Tive a condescendente ideia de como seria bom se ele pudesse assumir a pequena subdelegacia de qualquer cidadezinha em que fosse parar, mas então percebi o quanto seria difícil esse rebaixamento para ele. Alguma coisa boa que eu pudesse fazer para meu cunhado, para meu cunhado, o policial...

Se ele pudesse fazer alguma coisa bem importante, talvez não tivesse que deixar a sede distrital. Por exemplo, capturar um assassino... O assassinato de Emily seria prescrito em pouco tempo.

Esses pensamentos passaram pela minha cabeça, mas aí pensei: *Se fosse tão fácil, a polícia teria prendido o assassino há muito tempo.* Tudo bem, então que tal uma informação nova sobre o caso? Isso bastaria. Senti como se tivesse recebido uma revelação divina.

Você já ouviu dizer que as grávidas frequentemente ganham na loteria? Não acho que seja apenas superstição. Você está nutrindo uma vida dentro de você, então não é de se estranhar que possa ter uma espécie de poder, de inspiração divina... Mas agora, revendo isso, vejo que eu estava apenas sendo ultrassensível.

Isso aconteceu em abril deste ano. A revelação divina chegou até mim pelo rádio. Seus olhos se cansam facilmente, não é, quando você está grávida? Foi por isso que eu estava com o rádio ligado naquele dia. Você se lembra da notícia, no verão passado, sobre um menino que vivia em uma escola alternativa e pôs fogo no lugar?

Eles iam reabrir a escola e estavam entrevistando o diretor. Perguntaram por que as escolas alternativas tinham a ver, necessariamente, com o aumento de crimes juvenis, e fiquei escutando, até que subitamente percebi meu coração aos pulos.

Por que meu coração estava disparado? Por causa da voz do homem. Era igual à do homem que matou Emily. No entanto, a não ser que houvesse algo de fato especial na voz de um homem, talvez todas elas soassem mais ou menos do mesmo jeito.

A voz do homem era nítida e fácil de entender, mas era só o que a distinguia; caso contrário, seria perfeitamente comum. Eu havia tido dois ou três professores no ensino médio e nas séries finais do ensino fundamental que soavam parecido. *Será que foi apenas meu desejo de encontrar o assassino que fez a voz dele soar igual a essa para mim?*, pensei, achando engraçado.

Mas houve outra coisa na notícia que me incomodou. *Escola alternativa*: havia algumas crianças em nossa cidade rural, com Akiko, que eram retraídas por conta própria, mas nenhuma delas frequentava uma *escola alternativa* ou algo parecido. Mesmo assim, a palavra soou familiar, e agora eu me lembrava por quê. No dia em que a Emily me acusou de ser ladra, ela mencionou que uma pessoa estava interessada em converter o chalé naquele tipo de escola livre.

Mas o chalé nunca foi vendido e foi derrubado cinco anos atrás. Eu conhecia o corretor imobiliário que mostrou a propriedade na época porque, pouco antes do final do ano fiscal, ele tinha vindo a nossa casa tentar conseguir que meus pais comprassem aquela propriedade. Dava para ir a pé até seu escritório, que era perto da delegacia, e sem qualquer expectativa, mais para matar o tempo – na verdade, mais como se estivesse procurando um novo lugar para viver com meu cunhado e nosso bebê –, fui vê-lo.

Quando o corretor viu minha barriga grande, perguntou, com certa expectativa: "Está procurando um novo lugar para morar, imagino?". Mas quando eu disse que queria perguntar sobre a pessoa que, quinze anos antes, tinha visitado o chalé, pensando em transformá-lo numa escola alternativa, ele ficou visivelmente desapontado.

"Pelo que eu me lembre", ele contou, "me disseram que uma escola alternativa na zona rural seria, principalmente, para crianças problemáticas da cidade, então teria que ser em um lugar fácil de chegar. Mas cuidar de um lugar assim deve ser difícil. Quero dizer, aquele outro lugar foi incendiado e tudo o mais. Quando vi na TV, fiquei realmente surpreso de ser o mesmo homem daquela época".

Foi isso que o corretor me contou. O homem, cuja voz soava como a do assassino, de fato visitou o chalé dois meses antes de Emily ser morta? *Se isso for verdade, é uma descoberta incrível*, pensei. Mas chegar tão longe e confirmar aquilo como um fato, na verdade, foi mais difícil de acreditar. Ok, então o que eu deveria fazer? Contar para o meu cunhado? Fiquei numa confusão danada.

Mas se isso era tudo o que eu tinha para seguir em frente, então, e daí? Dois meses antes do assassinato, um homem, cuja voz, na minha opinião, se parecia com a do assassino, visitou aquela cidade. Mas uma voz não era uma grande prova de absolutamente nada. Além disso, havia o roubo das bonecas francesas a ser considerado.

Eu precisava de uma prova mais decisiva, de impressões digitais ou alguma coisa... O que Emily disse naquele dia? Ela não disse que o sujeito que achou nossos tesouros era a pessoa que veio ver o chalé? *Fico pensando se ele tocou no meu marcador de livros. Eles não conseguiram nenhuma impressão digital da bola de vôlei?* Depois que ele levou Emily embora, continuamos passando a bola, então é de duvidar que houvesse alguma impressão digital válida, mas digamos que eles tenham descoberto algumas e que elas batam com as do meu marcador de livros: isso, de fato, poderia significar alguma coisa. Eu não tinha boas lembranças do marcador de livros, mas o conservei todos esses anos como uma espécie de recordação de Emily.

Preciso contar para o meu cunhado...

Mais ou menos nessa época, aconteceu uma coisa horrorosa. Minha irmã tentou cometer suicídio. Eu tinha ido visitar meus pais, e ela também, e cortou os pulsos na banheira. Os cortes eram superficiais e não punham sua vida em risco. Acho que era mais uma manifestação de sentimentos do que qualquer outra coisa. Minha mãe culpou a si mesma, é claro, por ter dado à minha irmã um corpo tão frágil a ponto de ela ter sofrido um aborto, mas essa não poderia ser a razão da tentativa de suicídio. Acho que minha irmã percebeu que o bebê que eu carregava era do seu marido.

Meu cunhado também se culpou e depois disso ficou com ela o tempo todo, cuidando dela. Fosse por causa de problemas no trabalho dele ou por causa do bebê, perdi minha chance de conversar com ele sobre o assassinato. Além disso, parecia não ter mais importância. Dar à luz um filho dele não iria torná-lo meu, e eu já não o *queria* tanto como antes. Decidi parir sozinha essa nova vida que crescia dentro de mim e cuidar sozinha do bebê. Ele seria o único que precisaria de mim.

Acho que esses *dez meses e dez dias* são um período que me foi dado para que eu realmente sentisse que vou ser mãe.

Mas era você quem não me permitiria isso.

Ah, isso dói. Vou parar por um instante, mais uma vez... Não me toque! Não quero você afagando as minhas costas!

Eu não queria pensar mais sobre o assassinato, mas aí recebi uma carta sua. Uma cópia da carta de Sae. E, depois, recebi uma

cópia do site da revista semanal em que foi postada a confissão de Maki e sua carta. Chamo aquilo de carta, mas é apenas uma frase:
Perdoei todas vocês.

Mas isso não é estranho? O que você estava nos acusando de ter feito para você e para Emily? Quando leu a carta de Sae, não passou pela sua cabeça que você a tivesse levado a matar o marido? Quando descobriu como as palavras que você pôs para fora daquela vez, mais de dez anos atrás, pesaram sobre essa menina mais do que você poderia imaginar, você não soube o que fazer, soube? Em pânico, fez cópias da carta e mandou-as para nós três. Mesmo assim, uma das outras meninas matou alguém.

Você mandou a carta porque queria que parássemos com a obsessão sobre o que nos disse, mas teve medo de que isso não ficasse claro, então anexou sua própria mensagem. Mesmo assim, uma das meninas matou alguém. A menina disse que não tinha lido a carta. Você pensou que, pelo menos, poderia salvar a última menina, motivo pelo qual veio agora me ver pessoalmente.

Está agindo de maneira ridícula. Você se culpa pelas coisas terem chegado a isso, mas, ao mesmo tempo parece muito cheia de si. Não é por isso que diz que nos perdoou?

Na cerimônia do casamento de Sae, se ao menos você tivesse pedido desculpas a ela, dito que lamentava ter falado aquelas coisas pavorosas para ela, eu me pergunto se ela teria se sentido tão obcecada com a promessa que te fez. Se, juntamente com a carta de Sae, você tivesse apenas acrescentado mais uma frase, dizendo que deveríamos esquecer a promessa que fizemos na época, duvido que Maki tivesse se sentido tão contra a parede como se sentiu. Não sei o quanto você afetou Akiko, mas o que aconteceu comigo não tem a ver com nada disso.

Mas você realmente não veio aqui muito antes?

Fiquei chocada ao ler, na confissão de Maki, o nome do homem que dirigia a escola alternativa. Passou pela minha cabeça que eu deveria entrar em contato com ela. Primeiro pensei em contatar a irmã mais nova dela... e justo aí aconteceu o incidente com Akiko. Os incidentes envolvendo Sae e Maki aconteceram em cidades distantes, então a gravidade de elas terem matado alguém não me atingiu tanto, mas o de Akiko foi na nossa cidade. Não sou policial, então ninguém me culparia se eu acusasse aquele homem de ser o assassino, e ele não ser. Eu estava menos preocupada com isso do que em, finalmente, pôr um ponto final em tudo.

Disse a meu cunhado que tinha uma coisa bem importante para contar a ele, e pedi que viesse ao meu apartamento. A maneira como ele interpretou *importante* ficou clara assim que chegou à minha porta. Caiu de joelhos, abaixou a cabeça até o chão e disse: "Eu te ajudo financeiramente o máximo que puder, mas, por favor, não diga a ninguém que a criança é minha". Minha barriga avantajada me impediu de ver seu rosto, mas ficou óbvio o quanto ele estava nervoso. Talvez, antes de sair de casa, minha irmã tivesse lhe dito alguma coisa. Meu apartamento ficava no segundo andar, ao lado da escada. Qualquer um poderia passar, mas ele permaneceu ali, de joelhos, a cabeça pateticamente curvada, implorando-me, arrependido, que não deixasse ninguém saber que o filho era dele. A ideia de que um homem daqueles fosse o pai da criança fez com que eu me sentisse miserável. Por que eu deveria lhe contar meu segredo decisivo?

E então, me veio este pensamento: se eu fosse até a polícia distrital, o Sr. Ando poderia estar lá. Por que não tinha pensado nisso antes?

Contar a meu cunhado não ajudaria, então desisti da ideia. Eu tinha saído do apartamento e começado a me afastar quando ele me agarrou e me prendeu por trás. Nenhuma expressão de afeto, isso ficou claro. "Nunca, jamais conte a Mayu sobre isso", sussurrou, imaginando, erroneamente, que eu estava indo vê-la. Ainda me mantendo presa, me levou à força até a escada.

Meu cunhado estava tentando me matar. Não... eu não, a criança no meu útero. Mesmo sendo seu filho, ele desejava matar o que me era precioso pelo bem da minha irmã, por *ela*, e nem pensar que eu deixaria isso acontecer.

Mas por mais que eu estivesse brava, por mais que estivesse desesperada para proteger meu bebê, meu cunhado era, afinal de contas, um homem, um policial, mesmo sendo magricela e desengonçado. Lutei ao máximo, mas não consegui me soltar. Ele me empurrou para a beirada da escada. Um dos meus pés escorregou e eu tive certeza de que ia cair. Justamente aí, meu celular tocou, no bolso do meu agasalho. A música-tema de uma famosa série de detetive. Naquele exato momento, meu cunhado, surpreso, relaxou o aperto.

Desvencilhei-me e, com a mão livre, empurrei-o no peito com toda a força possível.

Sinto muito, é uma mensagem de texto da minha irmã.

Parece que meu cunhado não sobreviveu.

O telefonema, naquele momento, era seu. Depois que meu cunhado rolou pela escada, peguei o celular para chamar uma ambulância, e havia um número, nas chamadas recebidas, que não estava na minha lista de contatos. Aquilo me incomodou, mas primeiro eu tinha que chamar uma ambulância e, depois que ela chegasse, contar aos paramédicos o que tinha acontecido.

"Foi minha culpa", expliquei. "Eu tinha me lembrado de uma coisa que poderia ser uma pista para um assassinato de quinze anos atrás, e fiz meu cunhado, um policial, vir aqui, para poder lhe perguntar a respeito. Nós estávamos indo juntos à delegacia, e estávamos saindo apressados, quando quase escorreguei na escada... Meu cunhado tentou impedir que eu caísse, mas escorregou e caiu. Sinto muito, muito. Sinto muitíssimo..."

Enquanto fiquei ali, chorando, meu estômago começou a doer, e embora seja um pouco cedo, fiz com que eles me levassem, na mesma ambulância, até o hospital. Então, cá estou. Logo depois disso, você me telefonou para dizer que estava por aqui e queria me encontrar, então eu fiz você vir ao hospital. Mas eu estava pensando, você foi primeiro até o apartamento? E viu tudo que aconteceu? O *timing* do seu telefonema foi bom demais para ser verdade.

... Ah, então eu estou certa.

Você está feliz por ter conseguido me ajudar? Ou será que não aguentou aquilo, sabendo que a última de nós quatro também acabou matando alguém, e bem na sua frente? Você não aguentou? Então, por que não me telefonou antes? Você não veio até o meu apartamento, viu que um homem tinha vindo me visitar e, por curiosidade, esperou para ver o que ia acontecer?

No final, seu arrependimento em relação a nós não era genuíno. Pode ser que você ainda nos odeie, pensando que fomos responsáveis pelo assassinato de Emily.

Foi isto o que pensei: que acabamos sendo envolvidas no assassinato. Que o assassino não apenas escolheu Emily entre nós cinco, mas que estava de olho nela desde o começo. E que o tesouro dela, aquele anel, tinha algo a ver com isso, e que você, dona do anel, estava envolvida.

Acho que, talvez, você conheça o homem que dirigia a escola alternativa, esse Sr. Nanjo.

Minhas provas são... as fofocas que ouvi daquela minha amiga, aquela que discutiu com o marido sobre a data do nascimento do bebê deles: que Emily não é, na verdade, filha do seu marido. Puseram um novo presidente na sua empresa não faz muito tempo, não foi? E eu soube que aconteceu todo tipo de coisa. Pode ser um boato infundado, mas tenho a sensação de que não é totalmente descartável. E não estou me baseando apenas na intuição de uma grávida.

Os olhos amendoados de Emily, por um lado, não se parecem com os seus, nem com os do seu marido. Podemos mesmo ignorar a genética? Mais uma coisa: quando você nos chamou até a sua casa, o que você disse foi: "Sou mãe dela, a única que tem esse direito".

A única...

Não sei se isso provará alguma coisa, mas estou te dando o marcador de livros. Para te agradecer, espero, por salvar este bebê dentro de mim... Tenho certeza de que, de nós quatro, eu fui a única não afetada pelo assassinato, mas acontece que o que você disse para a gente também me manteve em suspenso.

Agora, nós quatro mantivemos nossa promessa a você. E o que você pretende fazer com isso? Sem dúvida, você tem dinheiro e poder. Pode ir em frente e dizer à polícia que empurrei meu cunhado. Não me importo. Deixo isso também por sua conta. Mas, mesmo que você não conte, não espere que eu te agradeça por me proteger.

Acho que é melhor eu ir logo para a ala de ginecologia e obstetrícia. Foi um dia longo. Um longo período de quinze anos. Só estou feliz que o aniversário do meu precioso tesouro não será em 14 de agosto.

Só isso.

Penitência

Se a culpa de todas vocês cometerem seus crimes foi minha, então como *eu* deveria me penitenciar por isso?

Desde o dia em que me mudei para aquela cidade, um lugar muito mais inconveniente de se viver do que jamais imaginei, tudo o que eu queria era voltar para Tóquio. As inconveniências materiais eram, logicamente, difíceis de suportar, mas o pior era o quanto as pessoas tinham a mente fechada. Tratavam-me como se eu fosse uma estrangeira.

Só de sair para comprar alguma coisa, eu sentia isso; os olhos me percorrendo de cima a baixo, pessoas sussurrando, caçoando de mim. "Veja como ela está bem-vestida. Será que está indo a um casamento?" No supermercado, sempre que eu perguntava se tinham algum produto em especial, estalavam a língua e faziam um comentário como: "Esses tipos da cidade grande são assim". Não que eu estivesse pedindo algo tão extravagante. Ossobuco, queijo *camembert*, molho *demi-glace* enlatado, creme de leite fresco... Só de perguntar sobre produtos desse tipo, ele me tratavam como ricaça arrogante.

Apesar disso, me esforcei para me aproximar deles. Pelo bem do meu marido. Se ele não tivesse conseguido um cargo tão importante, duvido que eu tentasse me encaixar com tanto afinco, mas quando você é o diretor de uma fábrica recém-construída, tem um dever. Eu tinha que dar o máximo para ajudar a fazer com que as pessoas do lugar aceitassem a nova fábrica da Industrial Adachi.

Você conhece as campanhas de limpeza da vizinhança? Participei uma vez. "A circular entregue na vizinhança diz que é um trabalho voluntário", eu disse às outras esposas no residencial da empresa Adachi, "mas devíamos participar desse tipo de evento da cidade". Tentei arrumar o máximo de voluntárias que pude, mas, quando chegamos ao centro comunitário local onde todos deveriam se reunir, a atitude das pessoas do lugar foi inacreditável.

"Vocês, senhoras da cidade grande, não precisam se preocupar com esse tipo de atividade... Como planejam ajudar, vestidas desse jeito?"

Era esse o tipo de coisa que nos diziam. E tínhamos ido até lá de camiseta e jeans que não nos incomodávamos de sujar, prontas para ajudar a limpar sarjetas ou o que fosse. Não que as pessoas locais estivessem usando trajes *monpei* do tempo da guerra ou coisa assim. Muitas delas estavam de moletom, mas havia algumas, mais jovens, vestidas como eu. Se eu estivesse de moletom, não ficaria surpresa se fizessem o mesmo tipo de comentário. Quando todos saíram para limpar o bairro, disseram-nos "Não podemos sujar essas delicadas mãos brancas, podemos?", e enquanto os locais saíram para arrancar pragas ao longo do acostamento e da margem do rio, nós, as de fora, fomos incumbidas de lavar janelas no centro comunitário.

Não fui só eu que ficou nervosa com a atitude das pessoas do lugar. As outras esposas da empresa frequentemente reclamavam sobre isso nos corredores do nosso complexo residencial. Aos poucos, o fato levou a um sentimento de solidariedade entre pessoas que, na velha fábrica, não haviam se ligado muito umas às outras. Elas começaram a se reunir regularmente para tomar chá, e foram se tornando mais amigas.

Mas eu raramente era convidada para essas reuniões.

Sempre que a loja de bolos que eu amava, lá em Tóquio, tinha um novo tipo de bolo, minha mãe me mandava um, e tentei convidar algumas das esposas do residencial da empresa a virem saboreá-los, mas nunca foi muito divertido, e depois essas senhoras não me convidavam para suas próprias reuniões. Isso me incomodava, já que eu queria extravasar minhas reclamações sobre a cidade com alguém e perguntar às outras esposas sobre como estavam lidando com as aulas preparatórias e as lições dos filhos, coisas assim. Mas aí me ocorreu que era muito natural que me excluíssem, já que uma das coisas sobre a qual elas queriam reclamar era a empresa.

"Por que raios abriram uma fábrica logo aqui? Tínhamos acabado de construir uma casa em Tóquio, pelo amor de Deus. E acabado de conseguir uma vaga num excelente curso preparatório." Eu não precisava forçar os ouvidos para captar todas as reclamações delas.

Assim, dentro do mundo vedado da cidade, havia outro mundo isolado, e eu era excluída de ambos.

Quando eu vivia em Tóquio não era assim. Sempre tive uma porção de amigas, e ficávamos conversando um tempão, gostávamos de ir a lojas e restaurantes preferidos e frequentávamos peças e concertos. Ninguém ficava tão cansada com o trabalho doméstico a ponto de falar sobre uma venda especial de ovos ou esse tipo de coisa. Minhas amigas e eu só nos preocupávamos com nosso autoaperfeiçoamento... As que me fizeram sentir tão feliz, tão contente, foram as amigas com quem compartilhei a melhor parte da minha vida.

Desde o assassinato até agora, soube do que aconteceu com todas vocês por diversos meios, e, embora eu possa sentir pena, é difícil simpatizar completamente ou imaginar a sua situação.

Por que essas crianças não se fantasiavam, não brincavam com amigos ou aproveitavam a vida? Colocando-me no lugar de vocês, imagino que tipo de vida eu teria levado.

Eu tinha uma amiga que conhecia desde a infância. Talvez por termos frequentado uma escola particular, não me lembro de jamais ter brincado nas dependências da escola depois das aulas ou em feriados. Em vez disso, brincávamos juntas em um parque próximo. E se um estranho tivesse aparecido lá, levado uma das minhas amigas embora e a matado? E se o assassino jamais tivesse sido capturado, será que eu teria vivido com medo nos anos seguintes? Se a mãe da amiga assassinada tivesse me amaldiçoado, será que isso teria atormentado a minha mente o tempo todo?

Não acho que teria ficado refém disso por muito tempo, como vocês ficaram.

Eu também perdi uma amiga. Houve uma época em que, de fato, responsabilizei-me por isso, pensando ter sido por minha culpa. Mas, depois, disse a mim mesma: *Não posso continuar remoendo isso para sempre. Tenho que ser feliz.*

Decidi viver minha vida com esse tipo de atitude transparente. Eu tinha 22 anos, então, era um pouco mais nova do que vocês são agora.

Fiquei amiga da Akie no começo do meu segundo ano na faculdade, na primavera. Eu estava no departamento de inglês numa faculdade feminina, tipo uma escola de etiqueta. A maioria das alunas, inclusive eu, tinha vindo pelo sistema de escolas afiliadas, ou seja, passamos da escola básica para a faculdade sem precisar nos preocupar com vestibular. Mas Akie era do grupo de fora, que teve que passar nos exames para se matricular. Ela mencionou sua cidade natal uma vez, mas era um lugar sem pontos turísticos famosos e sem indústrias importantes, e eu nunca tinha ouvido falar nele.

Eu estava sempre fora, me divertindo, e só frequentava as aulas pouco antes das provas, mas Akie nunca perdia uma aula, sempre se sentava na primeira fileira, no meio, ocupada em tomar notas. A primeira vez que conversei com ela foi pouco antes de uma prova, quando pedi seus cadernos emprestados. Ela mal sabia quem eu era, mas ficou feliz em emprestar.

E suas anotações detalhadas eram incríveis. Cheguei a pensar que, no ano seguinte, eles deveriam desistir de usar aqueles velhos livros didáticos grossos e, em vez disso, usar os cadernos dela nas aulas. Pensei em lhe comprar um bolo na lanchonete da escola como agradecimento, mas achei que não fosse suficiente, então lhe dei uma das duas entradas que eu tinha para ir a um show.

Um dos meus amigos tinha me dado as entradas, mas eu não tinha prometido ir com ele, então achei que tudo bem dar uma para Akie.

Será que uma menina como ela, que parece superséria, gostaria mesmo de um show de boy band?, perguntei-me, mas, para minha surpresa, ela era grande fã de cantores pop famosos. "Não acredito! Eu adoro esse grupo!", disse. "Tem certeza de que não tem problema? Eu me sinto mal, só te emprestei meu caderno!" Ela estava tão feliz que me convidou para uma xícara de chá.

Pareceu que aquela era a primeira vez que comia bolo na lanchonete, e ela estava muito emocionada. "Nunca comi um bolo tão delicioso", disse.

Akie começou a me interessar.

No dia do show, ela estava um pouco mais arrumada do que o normal, embora os sapatos e a bolsa fossem os mesmos de sempre, velhos e gastos. Eu não estava tão interessada em cantores pop, então, em vez de assisti-los cantando e chacoalhando pelo palco, meus olhos foram atraídos para os pés de Akie, que pulava para cima e para baixo o máximo possível. Como é que ela podia usar uns sapatos tão gastos e não se importar? Se aqueles fossem meus únicos sapatos, jamais sairia de casa. *Que tipo de sapatos ficariam bem com essa roupa?*, pensei. *Talvez aquelas botas verdes curtas que vi outro dia.*

É isso aí, decidi. *Vou levá-la às compras.* Ela só saía com outras meninas do interior, então eu tinha certeza de que não fazia ideia de onde ficavam as lojas da moda. Além disso, queria comprar para ela um bolo realmente bom, já que ela tinha gostado tanto do bolo de segunda categoria daquela lanchonete. Eu conhecia uma boa confeitaria que ela com certeza iria amar.

Akie aceitou meu convite, feliz. Na loja de sapatos, perguntei "O que você acha destes sapatos?", e ela respondeu, com os olhos brilhando: "São maravilhosos!". Ela me contou que queria mandar um cartão bonito para o aniversário da irmã mais nova, então a levei a uma loja que eu conhecia. "Você tem muito bom gosto, Asako, por que não escolhe?", disse, e quando comemos bolo, ela não poderia ter ficado mais empolgada: "Nunca, nunca comi nada parecido!".

Apresentei-a, também, a alguns dos meninos com quem eu saía. Eles a levaram para passear de carro e para beber. Akie não podia beber muito, e no começo ficou um tanto hesitante, mas os meninos eram todos gatos e bons de papo, e aos poucos ela se abriu. "Seus amigos são todos muito simpáticos, Asako", me disse, e eu respondi: "E você é também uma das minhas amigas queridas". Ela sorriu.

Eu estava me curtindo imensamente.

Até aquela hora, eu achava mais do que natural que as pessoas fizessem coisas para mim, e nunca tinha me passado pela cabeça fazer outras pessoas felizes. Sempre que um namorado me dava um presente, eu pensava no por quê de ele ter feito isso, já que eu nunca fazia muita coisa para eles em troca. Mas agora entendo que eles simplesmente gostavam de agradar.

Era muito prazeroso ver a expressão feliz de Akie e ouvi-la me agradecer. Pensei: *Acho que, afinal de contas, sou do tipo que prefere fazer coisas para os outros a vê-los fazê-las para mim.*

Se eu tivesse conhecido vocês quatro, agora com 25 anos, sob outras circunstâncias – por exemplo, se Emily tivesse vivido e apresentado vocês como amigas dela –, provavelmente eu gostaria de aconselhar vocês e lhes comprar presentes.

Sae, você tem uma pele bem clara e traços diferenciados; se cortasse o cabelo mais curto, não pareceria tão tímida. Que tal mostrar as orelhas e ousar com brincos bem grandes? Achei uns maravilhosos outro dia e comprei, então vou dá-los para você. Por que você não os usa no seu próximo encontro?

Maki, você é alta, mas mesmo assim não deveria usar salto baixo. E é professora, mas isso não significa que precise se vestir tão sem graça. Já sei... Que tal uma echarpe? Seu pescoço é comprido, deve ficar bem em você.

Akiko, você precisa sair mais. Você gosta de coisas fofas, certo? Conheço tantas lojas incríveis nas quais adoraria te levar que nem sei por onde começar. Fico me perguntando se poderíamos ver todas em um só dia. Ah, e uma amiga minha abriu uma escola de arranjos de flores. Deveríamos ir lá, juntas.

Yuka, suas mãos são maravilhosas, é uma pena desperdiçá-las. Você já esteve em um salão de manicure? Adoraria te dar um anel de presente, mas desconfio que você não ficaria muito contente de ganhá-lo de mim.

E enquanto estou dizendo tudo isso, Emily interrompe: "Pare com isso, mamãe. Você sempre se comporta assim quando minhas amigas vêm em casa. Você é muito intrometida. E já chega de chá e bolos, deixe a gente em paz por um tempo".

Então me mandaria sair do quarto...

Pensando nisso, vocês todas vieram mesmo à minha casa uma vez além daquela do dia do assassinato. Só aquela única vez, mas eu me lembro bem. Nenhuma de vocês sabia sequer usar direito um garfo de bolo, e fiquei me perguntando se tudo bem Emily ter amigas desse tipo. Naquela noite, porém, recebi um telefonema da mãe de Maki, que disse: "Muito obrigada por convidar Maki à sua casa. Ela ficou muito feliz em comer aquele bolo delicioso". Quando cruzei com as outras três mães no supermercado, elas também me agradeceram e me disseram como suas filhas tinham ficado contentes com a visita, então refiz minha primeira impressão. Talvez aquelas meninas fossem mais bem-educadas do que eu imaginava.

Mas vocês não se divertiram de verdade, eu sei. O mesmo aconteceu com Akie.

Akie sempre ia comigo aonde quer que eu a convidasse e fazia o possível para se vestir da melhor maneira, mas os sapatos continuavam gastos. "Você não gostaria de comprar as botas que eu te mostrei?", perguntei, e ela disse: "São lindas, mas meio caras. Quando eu receber pelo meu trabalho de meio-período, vou comprar umas parecidas, que dê para eu pagar". Até então, eu não sabia que ela trabalhava meio-período em um restaurante.

"Meus pais estão pagando pelos meus estudos, o que não é barato", ela disse, "então, o mínimo que posso fazer é ganhar meu próprio dinheiro para as despesas".

Eu mesma nunca tinha pensado na mensalidade. Honestamente, não fazia ideia de quanto a faculdade custava, e minhas amigas sempre tinham sido assim também. Nenhuma das meninas que eu conhecia trabalhava meio-período. As únicas que faziam isso eram as meninas pobres, das quais a gente tinha pena.

Senti pena de Akie por ela precisar trabalhar, então comprei as botas para ela. Não era seu aniversário nem Natal, mas achei que as amigas deveriam, simplesmente, querer fazer umas às outras felizes desse jeito, não importando se fosse para uma ocasião especial. Coloquei uma fita e um cartão que dizia *Um sinal da nossa amizade*, e mandei-as para seu apartamento.

Mal pude esperar para chegar à escola. *Será que ela teria calçado as botas?*, pensei. *Que roupa usaria com elas? E o que me diria?* Mas ela não estava com as botas. *Será que ainda não foram entregues? Ou ela está esperando uma ocasião especial?* Enquanto eu refletia a respeito, ela me devolveu as botas, ainda na caixa. "Não posso aceitar esses calçados caros sem motivo", ela disse. Não pude acreditar. Eu tinha certeza de que ela ficaria eufórica. "Não tem motivo para hesitação", eu falei, e ela respondeu que não estava hesitando.

Aos poucos, fui ficando mais nervosa com ela. "Por que você não entende os meus sentimentos?", perguntei. "Não tem sentido você simplesmente recusar as botas. Quer dizer, paguei refeições para você, te apresentei aos meus amigos. Se você for recusar as botas, então quero que *me* convite para comer, que me apresente para os *seus* amigos. Tem que ser uma comida muito boa, e quando falo amigos, estou dizendo rapazes. Eu te apresentei para cinco rapazes, então você deveria fazer o mesmo por mim."

Eu não estava esperando de verdade que ela fosse me levar para jantar ou me apresentar alguns rapazes novos, mas, insistindo para que ela fizesse coisas que eu sabia que ela não podia, esperava colocá-la na berlinda, acreditando que isso a forçaria a voltar atrás e aceitar o presente.

Mas na semana seguinte ela me convidou mesmo para jantar fora. À mesa dos fundos de um pouco atraente restaurante *izakaya*, estavam sentados cinco rapazes, à minha espera. E um deles era ele.

Era um estudante da faculdade, dois anos mais velho que Akie. Trabalhava meio-período na cozinha do mesmo restaurante, e os outros quatro eram colegas dele no departamento de educação.

"Akie me disse que ia jantar com uma menina incrível, então espero que você não se incomode, mas convidei esse bando para se juntar a nós."

Ele disse isso brincando, mas todos os rapazes me impressionaram como sujeitos sérios, formais. A comida era surpreendentemente boa, e, enquanto comíamos, começamos a perguntar de onde cada um era, esse tipo de assunto, mas antes de se passar meia hora, fiquei bem entediada. Não conseguia acompanhar a conversa deles.

Aqueles especialistas em educação eram muito intensos em se tratando de educação no Japão. Isso aconteceu numa época em que ninguém tinha ainda a noção de educação *yotori*, ou "sem pressão". Enquanto falavam, mencionaram um amigo que, tendo fracassado em um processo seletivo, sofreu uma crise nervosa e quase tentou se matar, e passaram a discutir a necessidade de um lugar onde os excluídos pudessem recomeçar.

Akie não se arriscou a dar opinião, mas acompanhou atentamente a conversa. A única que estava entediada com aquilo era eu. Quer dizer, ninguém que eu conhecia tinha tido problemas com processos seletivos ou coisa parecida. Elas faziam uma prova e uma entrevista por formalidade antes de entrar na escola fundamental, mas depois disso era uma calmaria só ao longo de todo o sistema até a faculdade, o chamado sistema de escalonamento. Nenhuma das minhas amigas era uma aluna extraordinária, mas também não havia desistentes.

Quanto mais a discussão foi ficando acalorada, mais aquilo me chateava. Meus amigos sempre falavam sobre tópicos interessantes para que eu não me entediasse, e eu não conseguia acreditar no quanto aqueles rapazes eram indelicados. Eles disseram que eram todos da área rural, e isso me fez especular se as pessoas do campo eram incapazes de ter uma conversa sofisticada.

Enquanto eu estava ali sentada, entediada, foi ele quem falou comigo.

"Tudo o que nós conhecemos são escolas públicas rurais, mas que tipo de currículo eles têm nas escolas particulares femininas? Algum tipo de curso incomum, ou professores divertidos? Qualquer coisa assim?"

Essas eram perguntas que eu poderia responder. Contei a ele sobre um professor de ciências que tive no ensino médio, louco por caminhadas, que em dias ensolarados gostava de dar aulas ao ar livre. Ele nos ensinou sobre as diversas plantas e flores nas quatro estações, o nome de vários insetos, o porquê de as folhas ficarem vermelhas, quando se poderia esperar ver um arco-íris, como as paredes do prédio da escola pareciam brancas, mas, na verdade, não eram... O que me surpreendeu foi que não era apenas o rapaz que havia feito a pergunta que me escutava atentamente, mas também cada um dos seus amigos.

A molecada da área rural não deveria ver nada de tão peculiar na natureza, então, o que é que eles achavam tão interessante? Foi a minha vez de ficar surpresa. Como eu esperava, todos eles se lembraram da sua meninice, de todas as coisas que crianças rurais faziam: chute à lata, estátua, catar libélulas e lagostins em campos de arroz, construir fortes secretos em campos...

Todos os tipos de jogos dos quais eu nada sabia, embora Emily participasse dessas brincadeiras com vocês quatro.

Eu queria fazer o meu melhor na criação de Emily. Sentia que aquilo era meu dever. Assim, mesmo antes de ela começar a falar direito, levei-a para aulas extracurriculares e de conversação em inglês, além de piano e balé. Vocês poderiam pensar que eu era alguma mãe idiota e controladora, mas Emily era muito inteligente e esperta, aprendia tudo rápido. Passou para uma escola fundamental altamente seletiva na maior facilidade.

O que ela se tornará no futuro?, pensei. Tinha certeza de que poderia fazer qualquer coisa se concretizar, até coisas com as quais só era possível sonhar.

E então, aconteceu a transferência para aquela cidadezinha rural. Meus pais insistiram para que eu ficasse com Emily em Tóquio. Meu marido não se opunha à ideia, mas decidi que deveríamos acompanhá-lo. Aquele era um período crítico na carreira do meu marido – construir a fábrica nova significava uma mudança na sua posição na empresa –, e eu queria fazer o possível para apoiá-lo.

Mas ainda mais importante do que isso eram os sentimentos de Emily, que queria ir com o pai. Emily realmente amava seu papai.

A permanência do meu marido na nova fábrica seria de três a cinco anos, e imaginei que poderíamos aproveitar esse tempo vivendo naquela cidade do interior com seu ar puro. Então, não me mudei para lá a contragosto, embora as coisas tenham acabado da maneira que escrevi antes a vocês.

Depois da mudança, lamentei-a todo santo dia, mas quando vi como Emily se adaptou, comecei a pensar que talvez não tivesse sido uma má decisão.

Minhas expectativas sobre o que eu encontraria naquela cidade eram otimistas demais. Mesmo que não houvesse qualquer programa especial ou extraordinário para crianças, eu tinha certeza de que pelo menos haveria o mesmo tipo de curso preparatório e outros programas extracurriculares que Emily frequentava em Tóquio. Mas tudo o que eles tinham era uma escola de piano, e o nível de ensino ali era tão baixo que eu mesma poderia ensinar piano a Emily: a professora tinha se formado em alguma faculdade de música desconhecida e não tinha experiência em se apresentar em competições. Os cursos preparatórios locais aceitavam alunos que estivessem no início da quinta e sexta séries, tinham aulas de inglês e matemática e eram dirigidos por um professor que, mais uma vez, tinha se formado apenas em uma escola de segundo escalão.

Qualquer criança criada nesse tipo de ambiente precisaria ter uma inteligência inata para conseguir entrar numa faculdade decente; mas, mais do que isso, pensei, seria necessário um esforço enorme. Isso poderia levar a uma crise nervosa ou, se alguém não conseguisse entrar, até ao suicídio. Algumas das outras mães do nosso condomínio perceberam que haveria uma crise iminente se não agissem, e começaram a levar os filhos para cursos preparatórios em uma cidade maior, a duas horas de distância. Elas reclamavam que as despesas com o transporte eram maiores do que com os estudos.

Senti como se finalmente pudesse entender o que escutara mais de dez anos antes, naquele pequeno *izakaya*, sobre a pressão sofrida pelas crianças, então decidi não forçar Emily demais. Tínhamos ido até o campo para viver, então ela deveria aproveitar isso e fazer coisas que não poderia fazer na cidade grande. E Emily parecia gostar realmente da vida ali.

Ela chegava em casa depois da escola, largava a mochila e ia imediatamente lá para fora, brincar até escurecer. Na volta, só conseguia falar sobre como todas vocês haviam se divertido, que tinha visto alguns lagostins, brincado de chute à lata nas dependências da escola e ido até as colinas, embora o que faziam ali fosse sempre um *segredo*.

Falava sobre todas vocês, também. Sae, ela dizia, era quieta, mas confiável; Maki era a que mais estudava entre vocês todas; Akiko era boa nos esportes e Yuka tinha habilidade com trabalhos manuais. Muito interessante, não é, a atenção com que Emily observava vocês todas?

A rapidez com que assimilava a vida do campo, o cuidado com que observava suas novas amigas; ela era exatamente o oposto de mim. Sempre tinha pensado nela como minha filha, apenas, mas agora eu começava a ver como o sangue dele corria nela.

No dia seguinte à nossa ida ao *izakaya*, Akie me disse que aceitaria as botas.

"Me desculpe", ela disse. "Eu só estava sendo teimosa. Gostaria de usá-las, se não houver problema, como um sinal da nossa amizade."

Ah, pensei, *então, afinal de contas, ela queria mesmo as botas*. Saímos juntas ocasionalmente depois disso, mas eu já não tinha o mesmo desejo de fazê-la feliz. E, o mais estranho, eu já não gostava quando meus amigos eram simpáticos com ela. Akie era muito popular entre eles, talvez por ser o tipo de menina que nunca tivessem conhecido. Um deles, que eu tinha certeza que era louco por mim, tinha convidado Akie para sair sem que eu soubesse.

Por outro lado, os rapazes a quem Akie me apresentou começaram a ser muito simpáticos comigo. No início, parecia que tinham me confundido com uma riquinha inacessível. Mas depois que começamos a conversar, me acharam sociável e divertida, e diziam que gostariam que aquele grupo voltasse a se encontrar. E nós nos encontrávamos cerca de uma vez por semana. Uma vez, fomos todos para a cidade de um dos meninos, nadar à beira-mar, e enquanto estivemos lá, eles também foram muito prestativos comigo, cuidando para que eu não ficasse entediada, com sede ou qualquer outra coisa.

Aos poucos, vi que era mais divertido estar com eles do que com meus próprios amigos homens. Não apenas por causa da maneira como me tratavam, mas também pela vitalidade que tinham, pela paixão com que discutiam a teoria da educação em todas as oportunidades – isso me atraía neles. E o que mais me atraía era o rapaz que tinha sido o primeiro a falar comigo no *izakaya*.

No começo, ele era o mais atencioso comigo, mas conforme todos começaram a me tratar com simpatia, ele passou a manter distância. Percebi que era com ele que eu mais concordava quando todos debatiam e que eu estava sempre com os olhos nele, e só nele. Aqueles estudantes do departamento de educação discutiam sobre o tema com tal intensidade que tive certeza de que todos queriam se tornar professores, mas ele era o único que tinha isso em mente. Todos os outros queriam ser funcionários públicos e mudar a política educacional através disso. "Mas se vocês não tiverem experiência em sala de aula", ele sempre contra-argumentava, "como poderão revolucionar a Educação?". A maneira como resistia a eles o tornava ainda mais másculo e atraente aos meus olhos.

Eu gostava muito dele, mas não tinha ideia do que fazer quanto a isso. Eu era do tipo que sempre falava o que pensava, mas nunca tinha confessado meus sentimentos a um homem. Sempre era o homem que se declarava para mim, e, até então, eu nunca tinha gostado de ninguém como gostava dele.

Se tivesse tido certeza de que ele gostava de mim, é possível que eu conseguisse confessar o que sentia. Mas eu não sabia ao certo se ele gostava. Então, recrutei Akie para ajudar. Eles trabalhavam no mesmo restaurante, e eu pedi a ela, quando os dois estivessem sozinhos, para sondá-lo sobre seus sentimentos a meu respeito.

Para minha grande surpresa, de forma indireta, ela me deixou na mão. "Não estou muito certa quanto a isso...", observou.

Isso me irritou de início, mas então percebi que, se nossas posições fossem invertidas e a resposta fosse negativa, eu me arrependeria de ter aceitado o pedido. Se as coisas fossem invertidas... Uma ideia me ocorreu. Primeiro, eu faria Akie e um dos meus amigos se apaixonarem, depois faria com que ela – como forma de agradecimento – sondasse o rapaz no qual eu estava interessada. Eu sabia o quanto ela era honesta, e não conseguia imaginá-la tão absorvida por sua própria felicidade a ponto de recusar me ajudar, caso eu pedisse.

Pedi a um dos meninos que eu conhecia para vir me ver, um que eu sabia que estava interessado em Akie. Fui direto ao assunto. "Você gosta da Akie, certo? Não precisa hesitar comigo. Vá em frente. Tenho certeza de que ela te acha simpático. Para começo de conversa, você se parece com aquele cantor de quem ela gosta. O único motivo de ela ter recusado quando você a convidou para sair foi por ser tímida. Ela tem a tendência de ser mais obstinada à medida que fica mais feliz. Então, vá em frente. Você sabe que ela é fraca para bebidas. Diga que quer falar com ela alguma coisa sobre mim e saiam para beber, só vocês dois. Depois que você conseguir deixá-la bêbada, o resto deve ser fácil."

Minha estratégia funcionou, e eu e o homem que eu tinha em vista viramos um casal. Ou, pelo menos, pareceu isso. Acontece que eu era a única que tinha essa impressão. Comigo é sempre assim.

Fiquei feliz que todas vocês se tornassem amigas da Emily, e esperava que, através de vocês, eu passasse a ter um relacionamento melhor com suas mães e com outras pessoas da cidade. Mas vocês nunca, jamais aceitaram a Emily.

E quando ela foi assassinada, essa verdade se tornou dolorosamente clara.

O dia em que chegamos à cidade e escutei "Greensleeves" tocando ao longe, perguntei-me para que seria aquilo. Será que estava acontecendo algum evento especial? A melodia triste parecia expressar com perfeição a maneira como eu me sentia. A mulher do escritório da fábrica, que estava apresentando a cidade para nós, explicou que era o sinal da hora. Ao meio-dia, "Edelweiss", e às seis da tarde, "Greensleeves", tocada pelos alto-falantes centrais da comunidade. "Quando existem avisos a serem dados", ela continuou, "ou quando acontece alguma emergência, eles são transmitidos da mesma forma, então, por favor, escutem com atenção. Apenas com aquele pequeno alto-falante, eles contatam todos na cidade". *Para se ver como a cidade é pequena*, pensei, e me senti miserável.

Mesmo assim, o aviso musical era conveniente. Imaginei que as crianças, mesmo que estivessem usando um relógio, poderiam não olhar para ele quando estivessem se divertindo e brincando, mas ouviriam a música. Costumava dizer a Emily todas as vezes que ela saía para brincar: "Quando a música tocar, volte para casa".

Naquele dia, também, enquanto estava aprontando o jantar, escutei "Greensleeves". A fábrica estava funcionando parcialmente, mesmo sendo Obon, e meu marido estava trabalhando, então eu estava sozinha em casa. Exatamente aí, tocou o interfone. *Deve ser Emily*, pensei, e abri a porta, mas lá estava Akiko.

"A Emily morreu!"

Achei que fosse alguma brincadeira de mau gosto. Cerca de dois meses antes disso, Emily me perguntava, ocasionalmente, coisas como "O que você faria se eu morresse?" ou "Se acontecer alguma coisa dolorosa, tudo bem morrer e depois renascer?". Então, meu primeiro pensamento foi que ela e suas amigas estavam tentando me enganar, e que Emily estava escondida atrás da porta, esperando para ver minha reação. "Não fale em morte nem de brincadeira", disse a ela um montão de vezes. Eu ficava meio nervosa.

Mas Emily não estava se escondendo. *Teria sofrido um acidente?* pensei. *Onde? Na piscina da escola? Ela sabe nadar, então como poderia ter acontecido isso? Por que a Emily?*

Me deu um branco de repente. E então, o que me veio foi o rosto de Akie... Corri para fora de casa. *Não leve Emily embora!*

Quando cheguei à piscina, escutei uma criança chorando, ou gritando, não sei ao certo. Era Sae. Estava agachada em frente aos vestiários, com a cabeça nas mãos. "Cadê a Emily?", perguntei, e ela apontou para trás, sem levantar os olhos.

No vestiário? Não tinha caído na piscina? Olhei dentro do cômodo mal iluminado e encontrei Emily deitada, de barriga para cima, no estrado de madeira, a cabeça voltada para a porta. Não estava molhada e não parecia machucada. Sobre seu rosto, havia um lenço estampado com um delicado personagem de gato. *Ah, então é uma brincadeira*, afinal de contas. Minhas pernas estavam prestes a ceder.

Sem energia para ficar brava, puxei o lenço e vi que os olhos de Emily estavam abertos. "Até quando você vai continuar com isso?", perguntei, cutucando a ponta de seu nariz. Estava frio. Coloquei a palma da mão em frente ao nariz e à boca, mas não senti respiração. Levantei-a e gritei seu nome repetidas vezes, em seu ouvido, mas ela não piscou nem uma vez. Sacudi seus ombros, gritei com ela, mas Emily jamais acordou.

Entrei em estado de negação. Mesmo depois do enterro, não quis aceitar que ela tivesse partido. Aquilo não estava acontecendo conosco. Desejei que a morta fosse eu.

Passou-se um longo tempo sem que eu fizesse ideia se era dia ou noite, e perguntava a meu marido, sem parar: "Onde está a Emily?". Não sei quantas vezes ele respondeu, baixinho: "Emily não está mais conosco". Nunca tinha visto meu marido chorar, mas então, quando vi as lágrimas caindo dos seus olhos, finalmente me dei conta de que Emily tinha realmente partido. "Por quê?", repeti esta pergunta inúmeras vezes. Por que Emily teve que morrer? Por que ela teve que ser estrangulada? Por que teve que ser assassinada? Queria ouvir isso do próprio assassino. O assassino tinha que ser pego, e não havia um minuto a perder.

Eu tinha certeza de que logo ele seria capturado. Afinal de contas, havia, no mínimo, quatro testemunhas.

Mas todas disseram a mesma coisa: "A gente não se lembra do rosto dele". Tive vontade de estapear cada uma de vocês com força, uma depois da outra. Se realmente não conseguiam se lembrar, não havia muito que pudéssemos fazer a respeito. Mas vocês nem pareciam se esforçar para lembrar. E não era apenas o rosto dele. Vocês assistiram, em silêncio, enquanto Emily era levada por um estranho, depois passaram mais de uma hora sem procurar por ela. E nenhuma de vocês parecia se arrepender disso enquanto dava o depoimento. A amiga de vocês morreu, mas nenhuma de vocês chorou.

Foi por não estarem tristes?

Enquanto olhava para vocês, pensei: *Essas meninas entendem que aconteceu uma coisa terrível, mas não sentem pena de Emily*. Se uma das outras meninas, e não Emily, tivesse sido levada, talvez elas não a tivessem deixado ir sozinha, ou teriam ficado preocupadas e saído mais cedo para dar uma olhada. Vocês teriam ficado mais tristes, teriam feito o máximo, em nome daquela menina, para lembrar o rosto do assassino.

Não foram apenas as meninas, mas seus pais, também. Meu marido e eu visitamos cada família para fazer mais perguntas sobre o que tinha acontecido naquele dia, mas um dos pais, não consigo me lembrar de qual, murmurou: "Quem vocês pensam que são, a polícia?". E outro pai gritou conosco: "Minha filha já passou pelo suficiente! Não a faça sofrer mais". Se fôssemos um casal que eles conhecessem há mais tempo e perguntássemos as mesmas coisas, eles teriam reagido assim? Duvido seriamente.

Na verdade, todos na cidade fizeram a mesma coisa. Curiosos de toda parte se juntaram na escola naquele dia, mas quase nenhuma informação útil veio à tona. Donas de casa que eu nunca tinha visto sabiam que eu tinha pedido queijo *camembert* no supermercado, então como é que não havia um mínimo de informação, nenhuma pista, sobre o assassino? Se uma menina daquela cidade tivesse sido morta, haveria uma enxurrada de pistas sobre vários sujeitos desagradáveis.

Além do mais, houve avisos dirigidos ao público ressoando no alto-falante. Por um tempo, depois do assassinato, nas horas em que as crianças iam ou voltavam da escola, havia avisos como "Crianças comportadas nunca fazem coisas sozinhas, e sim com alguém da família, um amigo ou uma amiga" e "Se um estranho falar com você, não vá com ele". Mas por que também não anunciaram algo como "Se alguém tiver alguma informação que possa ajudar no crime que aconteceu recentemente, por menor que seja, por favor, entre em contato com a polícia"?

Ninguém, *ninguém* lamentou a morte de Emily. Ninguém entende a dor que senti por ter minha filha assassinada.

Houve tão poucas pistas sobre o homem que a matou que, por um tempo, cheguei a desconfiar que vocês quatro tinham feito aquilo. Vocês quatro a mataram e inventaram juntas uma história sobre um criminoso que não existia. Vocês não queriam ser pegas em uma mentira, então disseram que não conseguiam se lembrar de como ele era. E todos na cidade sabiam disso, e protegeram vocês. Eu era a única que não sabia o que estava acontecendo. Eu, a única deixada de lado.

Vocês me apareciam em sonhos, cada noite uma de vocês estrangulava Emily. Assassinavam-na, soltando uma risada hedionda. E virando seu rosto maligno para mim, diziam, sem parar, em coro: *Não me lembro do rosto dele.*

Antes de perceber o que estava fazendo, eu saía correndo de casa, descalça, empunhando uma faca.

Meu marido vinha ao meu encalço. "O que você pensa que está fazendo?", ele perguntava e eu respondia: "Vou vingar a Emily". "Mas eles ainda não encontraram o assassino", ele dizia. "Aquelas crianças, foram *elas* que mataram Emily!", eu gritava de volta. "Não pode ter sido. Quero dizer, olhe...", meu marido replicava, mas vacilava, não querendo dizer em voz alta que Emily tinha sido violentada.

Eu não me abalava. Foram elas, *aquelas meninas,* que fizeram isso!

Eu gritava e gritava... mas não me lembro de nada depois disso. Poderia ter desmaiado, poderia ter sido impedida por outros moradores do residencial da empresa, poderia ter recebido um sedativo; tudo é um borrão.

Depois, eu não conseguia ficar sem sedativos, e meu marido disse que seria melhor se eu voltasse para a casa dos meus pais, para descansar por um tempo. Mas recusei. Se não tivéssemos vindo para esta cidade, Emily não teria sido morta. Foi a cidade que a matou. Eu detestava a cidade, mas não saía de lá porque, se fizesse isso, todos esqueceriam o assassinato. E o assassino jamais seria capturado.

E eu não tinha perdido toda a esperança em vocês, meninas. Conforme fui me recuperando aos poucos, lembrei que vocês eram apenas garotas de 10 anos. Pressionar crianças tão pequenas, forçando-as a *lembrar! lembrar!*, não ajudaria. *As próprias meninas*, pensei, *não tinham se recuperado completamente*. Depois que voltassem ao normal, poderiam se lembrar de alguma coisa. E poderiam, finalmente, chorar por Emily. Talvez alguma até aparecesse em uma cerimônia fúnebre para ela, para acender incenso e rezar.

Mesmo assim, passaram-se três anos e vocês continuaram repetindo a mesma coisa. Agora eu tinha certeza de que vocês quatro a tinham matado. Foi por isso que eu disse o que disse.

"Jamais perdoarei vocês, a não ser que encontrem o assassino antes da prescrição. Se não conseguirem fazer isso, então se redimam do que fizeram de um jeito que eu aceite. Se não fizerem nenhuma das duas coisas, digo aqui e agora que *vou me vingar* de cada uma de vocês."

Talvez eu seja o pior adulto que existe por dizer uma coisa dessas para meninas, meninas que mal tinham chegado à segunda metade do ensino fundamental. Mas pensei que, a não ser que eu dissesse algo chocante como aquilo, vocês esqueceriam tudo a respeito de Emily. E vocês quatro eram as únicas testemunhas.

Além disso, eu tinha certeza de que, mesmo dizendo aquilo a vocês, no dia seguinte à minha saída da cidade vocês esqueceriam tudo sobre o assassinato.

Foi por isso que, embora eu não tenha esquecido Emily nem por um segundo, decidi tirar totalmente aquela cidade da minha cabeça.

Em Tóquio, eu tinha família e amigos que me consolaram, e havia muitos lugares aonde eu poderia ir para parar de pensar no meu sofrimento. Mas quem mais me confortou deve ter sido Takahiro. Além de Sae, provavelmente vocês não sabem de quem estou falando.

Quando ele vivia naquela cidade, era a única criança preocupada comigo.

O primo do meu marido foi para a cidade com a esposa, na mesma época que nós, para trabalhar na fábrica da Industrial Adachi.

Eles podiam até ser parentes, mas a esposa também trabalhava e o casal não parecia se dar bem, então nós não os víamos muito. Quanto a Takahiro, soube que era um garotinho inteligente, mas seus olhos tinham uma expressão fria, e era o tipo de criança que não cumprimentava, mesmo se acontecesse de você passar por ele no corredor do prédio.

Contudo, depois do incidente, ele veio por conta própria à minha casa.

"Lamento sinceramente não ter podido fazer nada para ajudar, depois daquele acontecimento terrível. Eu tinha voltado para Tóquio quando tudo aconteceu", ele disse. "Estou pensando em perguntar às crianças da escola se elas sabem de alguma coisa que possa levar a uma pista, então, me pergunto se você poderia me contar sobre o dia do incidente. Apenas o que você se sentir confortável em dizer."

Antes disso, porém, ele foi até o memorial homenagear Emily, acendeu um incenso e fez uma prece para ela em silêncio. Ele foi o único a fazer isso, e me deixou muito feliz. Perguntou sobre a ligação com o incidente do roubo das bonecas francesas, mas nós não tínhamos nada a ver com bonecas francesas. O povo da cidade parecia ter se precipitado em estabelecer uma ligação entre os crimes, mas não surgiu qualquer evidência provando que tinham sido cometidos pela mesma pessoa. Foi o que eu disse a ele.

Depois disso, ele vinha à nossa casa ocasionalmente. Nunca tinha nenhuma informação importante para dar, mas eu ficava feliz por ele demonstrar preocupação em relação ao assassinato e ao que eu estava passando.

As duas famílias voltaram a Tóquio na mesma época, e ele continuou a aparecer em casa de vez em quando.

"Sua casa fica no caminho da minha volta da escola, e eu pensei em dar uma passadinha. Sei que você sempre me servirá alguma coisa boa para comer. Sinto muito."

Takahiro parecia um tanto consternado, mas eu gostava de tê-lo em casa. Ele só ficava me contando coisas que aconteciam na escola, mas de algum modo isso me animava.

Antes de Emily entrar na escola fundamental, tive uma conversa, uma vez, com uma das mães que conheci no curso preparatório particular que Emily frequentava. Estávamos falando sobre quem achávamos mais encantadores, os meninos ou as meninas. Logicamente, eu disse as meninas. "Você pode vesti-las com roupas bonitinhas, conversar com elas como amigas, ir ao shopping juntas." A outra mãe disse: "Eu também costumava pensar assim, mas agora não tenho certeza".

Ela tinha dois filhos, uma menina mais velha e um menino da idade de Emily. Contou-me o seguinte:

"Antes de ter filhos, pensei que quisesse uma menina. Imaginei que, mesmo depois de crescida, poderíamos ser amigas. Assim, fiquei eufórica quando tive uma menina. Mas foi depois de ter um menino que entendi. Uma menina é, no fim das contas, uma amiga. Isso é divertido, mas as meninas competem entre si. Quando eu a vejo cochichando um segredo para o meu marido, isso me irrita. Mas um menino é mais como um amante do que um amigo. Mesmo sendo seu próprio filho, continua sendo o sexo oposto, então vocês não competem entre si. Você tem vontade de fazer para ele o que puder, incondicionalmente. E, para te animar, só é preciso que ele te diga algumas palavras gentis. Estou ansiosa por ouvir minha filha contar sobre namorados, um dia, mas imagino que vá ter sentimentos contraditórios quando meu filho crescer e me contar sobre sua namorada".

Ao ouvir isso, imaginei se Emily fosse um menino. Quando nasceu, achei que ela era a minha cara, mas, conforme foi crescendo, fiquei surpresa, algumas vezes, com o quanto ela se parecia com o pai. Se ela fosse um menino, provavelmente eu lhe daria um abraço por causa disso, e poderia ter sentido, ainda com mais intensidade, que precisava cuidar muito, muito bem dela.

Mas nada disso interessa agora. Menino ou menina, desde que sobrevivesse, para mim bastaria.

Desviei do assunto, mas comecei a sentir como se Takahiro fosse meu próprio filho. Perguntei se tinha uma namorada, e ele riu e disse "Umas duas, mas nada sério", esquivando-se. Foi o bastante para me deixar com sentimentos contraditórios.

Às vezes, ele visitava amigos naquela cidade, e então reunia pitadas ocasionais de notícias sobre vocês quatro. Todas estavam levando vidas comuns, ele disse, nada de especial a relatar. *Exatamente como eu desconfiava*, pensei no início, e isso me deixou zangada. Mas, aos poucos, acabei aceitando que era o certo.

Eu deveria ter raiva é do assassino. Aquelas meninas têm suas próprias vidas para viver.

Se Emily estivesse na situação de vocês, tenho certeza de que eu teria lhe dito para esquecer o assassinato. Imagino quantos anos levei para chegar a essa conclusão. Sinceramente, acabei acreditando que era bom vocês poderem levar vidas normais de novo.

Takahiro parou de ir àquela cidade e eu não tive mais notícias de vocês, então parei de pensar nisso. *É assim que se esquece das coisas*, pensei.

Foi no começo da primavera deste ano que Takahiro veio à nossa casa e disse que havia uma menina com quem ele queria sair a sério, e nos pediu para agir como intermediários e arrumar o encontro *amiai* com ela. Fiquei um pouco triste ao pensar nele se casando, mas muito feliz que pedisse a mim e a meu marido para assumir uma tarefa tão importante. Meu marido gostava de Takahiro, e quando soube que a menina trabalhava em uma empresa cliente da sua companhia, aceitou, ansioso, dizendo que entraria em contato com os superiores dela em seu local de trabalho.

Mas quando escutei o nome da menina, fiquei chocada. *Uma daquelas quatro meninas?* Não pude acreditar.

No início, Takahiro pediu desculpas por isso e explicou que, quando visitava a cidade, começou a se interessar por Sae. No final do ano, aconteceu de revê-la em Tóquio, com seus colegas de trabalho, e sentiu como se fosse destino tê-la reencontrado. Antes de sair, tornou a se desculpar: "Sinto muitíssimo por ter despertado lembranças dolorosas para você, titia, e para você, tio", ele disse.

Dolorosas? Não era assim que eu sentia. *Então, Takahiro está naquela idade, agora*, pensei, e fiquei surpresa ao perceber que as meninas da mesma idade de Emily eram, agora, adultas o bastante para se casar. Não pude acreditar que tivesse passado tanto tempo.

Se pelo menos Emily tivesse vivido... Era ela quem eu deveria juntar com a pessoa que ela amasse. Eu deveria tê-la protegido até esse dia.

"Não precisa se desculpar", disse a Takahiro. "Quando se ama uma pessoa, não é preciso a permissão de ninguém para estar com ela."

Os dois tiveram seu *amiai*, começaram a sair regularmente e decidiram se casar. Como a menina era uma de vocês quatro, quase me conformei em não ser convidada para o casamento, mas meu marido e eu fomos os primeiros convidados de Takahiro. "Sae espera, de fato, que vocês compareçam", ele me disse.

Sae tinha crescido tão bonita que era difícil acreditar que tivesse sido uma criança daquela cidadezinha rústica. Com um vestido de noiva branco, cercada por amigos do trabalho que lhe desejavam felicidades, tinha um sorriso radiante.

Mas assim que me viu seu sorriso desapareceu, e ela me olhou com medo. Uma reação natural, imagino, quando confrontada, no dia mais feliz de sua vida, com alguém que lhe lembra uma tragédia passada.

"Esqueça o que aconteceu", eu lhe disse, "e seja feliz".

"Obrigada", ela disse, com lágrimas escorrendo pelo rosto. Senti um peso sendo tirado dos meus ombros, também. Embora eu não pudesse dizer isso para todas vocês – essas palavras que eu deveria ter dito muito tempo atrás –, fiquei muito feliz de poder dizê-las a ela, então.

E, no entanto, Sae foi em frente para matar Takahiro.

Uma terrível série de crimes havia começado.

Quando meu marido me contou sobre o assassinato, eu sabia que tinha que haver algum engano. Menos de um mês depois de estar tão feliz em seu casamento, a noiva – Sae – matou Takahiro? Não foi um acidente? Um ladrão entrou, talvez, e Takahiro foi morto tentando proteger Sae? E ela disse: "Fui eu quem matou ele"?

Aconteceu num país distante, então não pude ver o corpo de Takahiro, só escutar, indiretamente, que Sae tinha confessado à polícia ter matado o marido. Eu não conseguia aceitar que ele estivesse morto.

Takahiro, que era como um filho para mim... Takahiro, o único a me consolar depois do assassinato de Emily...

Se eu tivesse visto o corpo com meus próprios olhos, poderia ter realmente conseguido desprezar Sae por levar embora meu amado filho. Mas antes que isso acontecesse, recebi uma carta.

Enquanto lia a longa carta, percebi que havia me enganado o tempo todo. Não pude acreditar que o assassinato de Emily teve tal peso sobre ela. Por um tempo, depois do acontecido, ela não pôde deixar de sentir medo, agravado pelo fato de o assassino ainda estar à solta. Normalmente, com o passar do tempo, vocês deveriam conseguir esquecer aquilo. No entanto, Sae não conseguiu, e o assassinato fez dela prisioneira de um medo tão grande que afetou sua saúde. Tenho certeza de que ela sentia um olhar sobre si, às vezes.

Foi difícil acreditar que Takahiro tivesse ido àquela cidade para ficar de olho em Sae. E que tenha sido ele quem roubou as bonecas francesas. Eu não queria acreditar nisso, mas não acho que Sae estivesse mentindo em sua carta. Mesmo assim, não quero que vocês rotulem Takahiro como um pervertido tão rapidamente. Entendo muito bem o que ele sentia.

Assim como eu, ele era muito solitário naquela cidade. Vocês precisam entender isso: por causa dos problemas em sua família, ele já não sabia como estabelecer um relacionamento com as pessoas, e isso incluía as crianças da cidade. Assim, ele se apaixonou pelas bonecas, e tinha, constantemente, os olhos em uma menina parecida com elas. Não o condenem por isso. Não importa a motivação em querer que ela fosse dele, sei que ele queria idolatrar Sae pelo resto da vida.

E Sae também tentou entender e aceitar a maneira dele de ser. Foi por isso que ela decidiu que estava certo seu corpo passar a ser, por completo, o de uma mulher. Mas, naquele exato momento, ocorreu uma tragédia.

A culpa foi toda minha?

Sae tomou as palavras que eu disse a todas vocês naquele dia como uma firme *promessa*. Foi esse o motivo de ela não conseguir esquecer o assassinato, o motivo de sua mente e seu corpo estarem reféns disso. E, enquanto ela tentava esquecer a promessa e tudo o que ela incluía, de repente, lá estava eu no seu casamento, o dia mais feliz de sua vida, para lembrá-la de tudo mais uma vez.

Eu disse a ela que esquecesse o assassinato, mas, para ela, isso deve ter sido o gatilho que a fez perceber que o assassinato estava sumindo da sua memória.

Devo ser culpada pela morte de Takahiro? Fui eu quem a vinculou à morte de Emily?

Era isso que eu queria saber. Não, não é isso, na verdade. O que eu queria era que ela negasse, que me dissesse "Não, não é por sua causa". Era isso que eu queria escutar. Se as outras três meninas tivessem seguido em frente depois do assassinato e estivessem levando vidas normais agora, eu poderia considerar Sae um caso especial, a única exceção.

Fora isso, senti que deveria contar a todas vocês, já que suspeitei, pelo menos a partir do que ela disse na carta, que vocês não sabiam como ela se sentiu depois do assassinato. Então, fiz cópias da carta dela, sem autorização, e mandei para vocês. Foi errado? Não sei. Mas achei que, de todas as pessoas, vocês três, que tinham sido parte do mesmo assassinato, me perdoariam.

Não, foi porque, simplesmente, eu não poderia arcar sozinha com a culpa do que aconteceu com ela. Esse é o verdadeiro motivo de eu ter mandado a carta que recebi de Sae a todas vocês. Por que não juntar uma mensagem minha, também? Porque eu não tinha ideia do que dizer.

Espero que vocês três estejam todas bem. Não poderia escrever algo do tipo.

Não façam nada estúpido. Menos ainda eu poderia escrever algo assim.

Mas deveria. Por não ter escrito nada, e só ter enviado a carta sem comentários, Maki também se viu encurralada. Por mim.

A primeira vez que ouvi sobre o incidente com Maki foi no noticiário da TV. Não podia imaginar que ela tivesse tido parte naquilo. Quero dizer, aconteceu em uma cidade litorânea distante, e mesmo que envolvesse, inacreditavelmente, um homem invadindo uma escola fundamental, apenas uma criança foi ferida, então não houve uma cobertura tão extensa. Mas o fato de ter acontecido em uma piscina de uma escola fundamental me incitou a saber mais.

O caso pode não ter tido muita repercussão na TV, mas esteve por toda a Internet e nas revistas informativas semanais. Uma professora enfrentou o invasor, enquanto o outro professor, um homem atlético, fugia. A receita perfeita para uma história chamativa se alastrar pela Internet.

Os nomes verdadeiros dos dois professores vieram a público. Quando vi que um deles era Maki, fiquei chocada. Mas isso também me deixou feliz.

Ah, pensei, *então ela está levando uma vida normal* – na verdade, ela tinha dado duro para conquistar a própria vida. Virar professora e proteger crianças pequenas não era algo que ela poderia ter feito se ainda estivesse presa pelo medo do assassinato. Concluí que Sae era, de fato, uma exceção, uma pessoa, basicamente, sem iniciativa, e que a culpa não era toda minha.

Mas esse sentimento de alívio durou pouco. Enquanto procurava mais notícias sobre o acontecido, dei de cara, um dia, com uma informação estranha.

Maki era uma assassina, a matéria dizia.

No noticiário da TV, diziam que o invasor havia morrido por ter esfaqueado a própria perna e caído na piscina, mas nessa matéria da Internet, diziam que quando o invasor tentou sair da piscina, Maki o chutou repetidas vezes, matando-o.

Sei que não se pode acreditar em tudo que se lê online, mas não poderia ignorar aquilo completamente, então decidi telefonar para a escola fundamental de Maki. Eles devem ter recebido muitos trotes, porque a primeira coisa que fizeram foi perguntar meu nome e profissão, o que me abalou um pouco. Mas eu estava determinada a saber dos fatos, então fui em frente e dei meu nome. Como não tinha profissão, dei o nome da empresa do meu marido e seu cargo, e disse que era mãe de uma das amigas de Maki. Eles disseram que Maki estava no campus e que dariam meu recado a ela.

Quem telefonou fui eu, mas a coisa toda tinha me confundido por um momento. Havia tanta coisa que eu queria perguntar... Por onde começar?

Enquanto refletia sobre isso, Maki entrou na linha.

"Estamos organizando um encontro extraordinário da Associação de Pais e Mestres depois de amanhã", disse. "Gostaria que você escutasse uma coisa, então espero que compareça."

Ela desligou logo depois disso, mas fiquei aliviada ao ouvir como soava calma. Uma pessoa que tinha chutado um invasor até a morte não poderia estar tão calma, e o fato de ela atender ao telefone significava que não tinha sido presa. As matérias online deviam ser bobagem, concluí.

Peguei o trem Shinkansen até a cidade dela para estar presente, porque queria lhe perguntar sobre Sae. Eu sabia que Maki estava passando por um período conturbado, mas senti que alguém como ela, que tinha levado uma vida decente, íntegra, escutaria.

Mas o que Maki disse na reunião me jogou ainda mais fundo em um buraco de vergonha e culpa.

Fiquei atônita desde o comecinho. Ela disse que, logo depois do assassinato, se lembrava do rosto do assassino. *Se isso for verdade, por que você nunca disse nada? Você foi para casa antes das outras crianças, mas nenhum dos adultos a culpou por isso. Em vez disso, gostaria que você tivesse contado como era o assassino. Se tivesse, tenho certeza de que nunca conseguiria te agradecer o suficiente. E poderia não ter submetido você, nem as outras meninas, àquelas palavras que eu disse três anos após Emily ser morta...*

Mas, enquanto escutava Maki, não conseguia culpá-la. Eu sabia que ela também tinha ficado presa ao assassinato de Emily e às minhas palavras de uma maneira que ia além do medo.

Se eu não tivesse dito o que disse, e se não tivesse encaminhado a carta de Sae, mesmo assim Maki teria protegido suas crianças. Mas poderia não ter dado o golpe final para acabar com o invasor.

Enquanto estava ali, sentada na última fileira do ginásio, fiquei abalada pela série de crimes que havia ocorrido e quis dar o fora de lá. Mas não consegui nem me levantar, porque tinha acabado de ouvir um nome inacreditável.

Enquanto Maki chutava o invasor, ela se lembrou de uma pessoa parecida com o assassino de quinze anos antes. Achei incrível que seu nome surgisse. E, ela acrescentou, de maneira um tanto ambígua, tem alguém que se parece ainda mais com ele.

Acho que o que ela queria dizer era isto: "O assassino se parece muito com Emily".

Só posso esperar que fosse uma espécie de mal-entendido da parte dela.

Talvez, ao chutar o invasor, ela tenha se lembrado do rosto de Emily, e isso lhe deu a ilusão de se lembrar do rosto do assassino.

E então, veio-lhe o rosto de um homem famoso, parecido com Emily. Isso fazia sentido. Ela poderia ter se forçado a ter essa impressão.

Mas havia algo que eu precisava fazer antes de pensar no assassino. Tinha que pôr um fim a essa série de crimes.

Decidi resumir o que Maki havia dito na reunião e, dessa vez, anexar minha própria mensagem. Naquela mesma noite, tudo o que Maki havia dito estava no site de uma revista semanal de quinta. Meu nome aparecia como Sra. C., a *conselheira misteriosa*, como eles diziam.

Fiz com que um conhecido apagasse aquilo, mas, antes, fiz duas cópias do artigo e coloquei-as em envelopes.

Perdoei todas vocês.

Foi essa a mensagem que anexei. Ou seja, não façam nada terrível. Matar outro homem no lugar do assassino *não* é uma forma de penitência. Eu só poderia esperar que o restante das meninas escutasse minha prece.

E, no entanto, Akiko matou alguém. E isso também foi na mesma cidade, e, inacreditavelmente, a vítima foi seu próprio irmão...

Aquela não era a hora de escrever mais cartas.

Parti para aquela cidade.

★ ★ ★ ★ ★

Akiko matou o irmão para proteger uma garotinha.

Eu deveria me desculpar com Akiko não por aquelas palavras ditas três anos após o assassinato de Emily, mas pelo que aconteceu logo depois. No momento em que ouvi que Emily havia sido morta, eu posso muito bem ter empurrado Akiko de lado. Naquele momento, tudo ficou branco na minha frente, e sinceramente não consigo me lembrar. Mas quero que vocês saibam: não empurrei Akiko por ter raiva dela. E, é claro, nunca pensei que ela deveria ser tratada assim.

Mas acho que fui eu quem a levou a fazer o que fez.

Ela nunca leu nenhuma das duas cartas. Pensou que as cartas eram lembretes da promessa que havia feito. Talvez tenha sido por isso que sua pequena sobrinha e Emily se sobrepuseram em sua mente.

Então, o que eu deveria ter feito?

Por sorte, quando entrei em contato com a família de Yuka do hospital onde Akiko estava, soube que seu apartamento ficava a apenas três paradas de trem, então decidi ir diretamente até lá. A mãe de Yuka não tinha escutado minha voz havia mais de dez anos, e, no começo, não percebeu que era eu, mas depois que disse meu nome, ela pareceu estabelecer a ligação.

"Entendo perfeitamente o quanto você quer que prendam o assassino antes do tempo da prescrição", a mãe de Yuka disse, "mas a Yuka vai ter um bebê daqui a pouco. É uma hora crítica para ela. Preferiria que você a deixasse em paz". Ela estava bem chateada.

Depois do que tinha acontecido com Sae, e com Maki e Akiko desconfiadas dos homens desde o assassinato, fiquei realmente surpresa ao saber que Yuka estava grávida.

Então, Yuka está bem, concluí. Eu sabia muito bem o quanto as mulheres se tornam mais fortes quando ficam grávidas. Quando a pessoa tem outra vida crescendo dentro dela, pode enfrentar coisas dolorosas que, por si mesma, não poderia. A criança dentro do seu útero é mais importante do que você mesma, e enquanto houvesse aquele instinto maternal, eu tinha certeza de que ela não faria nenhum gesto precipitado.

Mesmo assim, eu não podia simplesmente voltar a Tóquio.

Havia uma foto que eu queria que ela olhasse. "É somente uma foto que eu gostaria que ela desse uma olhada", eu disse à mãe de

Yuka, e de algum modo a convenci a dar o endereço do apartamento da filha e o número de seu celular.

Eu tinha trazido a foto comigo. Esperava que Maki estivesse enganada, mas o nome que ela havia dito estava ligado a algo que eu lamentava profundamente no meu passado, e precisava saber.

Naturalmente, planejava mostrá-la também para Akiko. Havia uma possibilidade de que, embora ela dissesse não se lembrar do rosto do homem, na verdade, se lembrasse. Mas ela me disse que não apenas não se lembrava do rosto dele, como não conseguia se lembrar de qualquer detalhe sobre ele. Assim, mostrar a foto a ela não teria sentido, o que, na verdade, me deu certo alívio. No entanto, ela mencionou o mesmo nome.

Disse que, no dia do assassinato, seu primo e a namorada, que estavam em visita à cidade, viram um homem parecido com ele na estação. O primo disse que o homem tinha sido professor da sua namorada na época da escola fundamental.

Tive medo de ficar sozinha. O motivo de ter ido ver Yuka não foi para que ela me contasse que ele não era o assassino, e sim para ter alguém que escutasse o pecado que eu havia cometido no passado. Mas não era hora nem lugar, e não falei a respeito.

É por isso que estou escrevendo isto aqui.

Depois de ter começado a sair com ele, Akie e eu nos distanciamos. Não que tenhamos brigado ou que já não nos déssemos bem, mas, como alunas do último ano, participávamos de seminários diferentes, e eu não ia para a faculdade com a mesma frequência de antes.

Ele estava no seu segundo ano como professor em uma escola fundamental, e comecei a passar todo o tempo em sua casa, como se fosse sua esposa. Enquanto ele estava no trabalho, eu fazia a limpeza e a comida, totalmente absorvida no tipo de trabalho doméstico que nunca havia feito. Mencionei que queria casar e morar junto.

"Depois que você se graduar, gostaria de visitar sua família formalmente", ele disse, e fiquei radiante. Apenas suas palavras deveriam bastar para mim, mas eu estava impaciente e disse que não poderia confiar apenas numa promessa verbal. Então, ele usou seus parcos bônus do trabalho para me comprar um anel. Um anel de noivado com a minha pedra de nascimento, um rubi. Eu não poderia ficar mais feliz, e enquanto ele estava fora, punha o anel inúmeras vezes, depois o tirava e dava-lhe um lustro.

Então, um dia, o anel escorregou da minha mão e caiu debaixo da escrivaninha. Foi aí que vi um caderno que nunca tinha visto, saindo de uma gaveta. Ele tinha sido empurrado até o fundo, e se destacava. Um caderno secreto, foi o que pareceu.

Vai ver que são apenas anotações de estudo, pensei, e puxei e abri o caderno. Porque queria saber tudo sobre ele. Mas logo me arrependi de ter feito isso. O caderno era seu diário. Se fosse um diário comum, eu teria gostado de ir em frente e ler, talvez sentindo uma pontada de culpa. Se ele tivesse escrito sobre mim, ficaria feliz em ler.

Mas o diário estava cheio de desejo por outra mulher, alguém de quem ele não conseguia se libertar.

Então, a promessa que fizemos não é eterna?
Por que seus sentimentos mudaram tão repentinamente? Por que você não disse nada?
Sei que você me traiu, mas não posso deixar de pensar em você toda santa noite.

Soube, imediatamente, que esse *você* que ele escrevia não era eu. Porque eu estava lá, com ele, todos os dias. As datas no diário coincidiam com as do começo da nossa relação, e me senti terrivelmente traída. Saí do apartamento, fui para casa e me tranquei no quarto. Comecei, de fato, a me sentir doente, e fui para cama.

Não tinha apetite e me sentia febril, como se estivesse em um barco balançando, enjoada. Nunca imaginei que descobrir que ele amava outra pessoa que não eu pudesse causar tanta dor. *Sou tão fraca assim?*, pensei. Fugi depois de ler até a metade do diário, mas talvez eu devesse ter ido até o fim. Então, pelo menos, eu descobriria o nome dessa outra mulher. Descobriria quem ela era, e se sentisse que não era páreo para mim, tudo bem, não é? Afinal, ele já não havia prometido se casar comigo?

Talvez Akie saiba quem é. Posso perguntar a ela se, quando eles trabalhavam juntos no restaurante, havia outra mulher que ia vê-lo.

Telefonei para ela no mesmo instante. Algum tempinho antes, ela havia me contado que as coisas não tinham dado certo com um dos amigos que eu tinha arrumado para sair com ela, então imaginei que ela entenderia como eu me sentia e me ouviria, empática.

Akie estava no apartamento em que morava sozinha. Eu a tinha visitado apenas uma vez e me lembrava dele como um lugarzinho escuro, modesto e solitário. Ela disse que estava montando seu currículo para tentar achar um emprego depois da faculdade.

"Asako, você não vai atrás de entrevistas de emprego? Ah, certo, você não precisa. Pode usar suas ligações familiares para entrar onde quiser. Invejo você. Então, por que está me telefonando?"

Fazia um tempo que eu não ouvia a voz da minha amiga, que soou fria, como se estivesse tentando me rejeitar. Sua busca por emprego provavelmente não estava indo bem e ela estava tensa, mas mesmo assim fiquei zangada por ela usar esse tom comigo quando estava me sentindo tão deprimida. Foi por isso que fui em frente e disse o que disse.

"Você tem razão. Quero dizer, vou me casar com ele. Depois que me formar, vamos comunicar isso, oficialmente, a meus pais, e ele também me deu um anel de noivado. Eu lhe disse para não se dar ao trabalho, uma vez que é muito caro, mas ele insistiu e eu aceitei. Ainda não contei para ninguém, mas acho que estou grávida. Então, pode ser que a gente não espere até a formatura para se casar. Estou muito feliz, Akie, e é tudo graças a você, já que foi você quem apresentou a gente."

Não tenho certeza do motivo de ter dito que estava grávida, só por estar me sentindo um pouco para baixo. Devia estar tentando me afirmar. Akie permaneceu em silêncio. Então, fui em frente, falando sem parar sobre as coisas que eu fazia para cuidar dele, filmes a que tínhamos assistido recentemente, e por aí vai. Por fim, Akie falou:

"Se puder, por que não vem para cá agora mesmo? Quero escutar tudo isso diretamente de você, não pelo telefone. E você também pode me mostrar seu anel de noivado. Deve ser lindo".

Olhei para o relógio e vi que passava das nove. Sair tarde assim era um incômodo, mas toda aquela conversa sobre o meu amor tinha me animado, e pensei que valia a pena ir até lá nem que fosse só para exibir meu anel. "Vou me arrumar e vou direto até aí", eu disse, e desliguei.

Levava apenas meia hora, de táxi, até o apartamento dela, mas sendo fim de semana, e com as ruas cheias, levei quase uma hora para chegar. Bati na porta, mas ninguém respondeu. Pensando que talvez ela não tivesse ouvido, tentei a maçaneta, e a porta não estava trancada, então entrei. Além da entrada minúscula, havia apenas um cômodo de seis tatames, e eu a vi imediatamente.

Estava caída na cama, que estava coberta de sangue. Tinha cortado os pulsos. Não me passou pela cabeça chamar uma ambulância. Fiquei apavorada e, em vez disso, usei seu telefone para ligar para ele.

"Venha aqui imediatamente", eu disse. Ele respondeu que tinha saído para beber com um colega e estava exausto. Poderíamos deixar para amanhã?

"Você tem que vir aqui neste minuto. Venha até o apartamento da Akie. Ela... se matou."

Ele desligou quase antes de eu terminar de falar. *Ele está vindo*, pensei, vagamente, enquanto me sentava ao lado de Akie. Foi então que notei um envelope fechado em cima da escrivaninha.

Dirigido a mim, talvez? Quer dizer, quem me convidou a ir até lá foi a Akie. Abri-o e encontrei apenas uma folha de papel.

Hiroaki, te amarei para sempre.

O que era aquilo? Akie o amava? Será que ele também a amava? Akie havia se matado para me magoar? Mas ela teria, de fato, planejado morrer? Se eu não tivesse ficado presa num congestionamento e chegado mais cedo, talvez ela tivesse fracassado em sua tentativa... O que eu deveria fazer? Ele chegaria logo...

Enfiei a carta na bolsa e fugi do apartamento. Um morador de outro apartamento estava chegando em casa e pedi que chamasse uma ambulância, mas Akie estava além da salvação. E ele nunca chegou.

Talvez por não conseguir um táxi ou por querer chegar na casa de Akie o mais rápido possível, ele pegou um carro emprestado com o vizinho e dirigiu até a casa dela. Mas, no caminho, sofreu um acidente.

Não foi um acidente grave, apenas uma batida de para-choques, e embora ninguém tivesse se machucado, ele havia bebido antes. E eu, ingênua, não fazia ideia das consequências.

Se um professor fosse preso por dirigir embriagado, seria demitido por desonra e perderia o emprego.

Tudo o que tinha subitamente recaído sobre nós me assustou, e fugi dele.

Enquanto eu caminhava até o apartamento de Yuka, só pensava nele. Teria matado Emily? Mas *por que*, dez anos depois, e naquela cidade? Eu tinha guardado a carta de Akie todos aqueles anos. Pessoas próximas a ela, na época, tinham certeza de que havia feito isso porque fora recusada em todas as empresas em que se inscreveu. Neurose de emprego, é como chamavam. Não me entendam mal. Ela era uma moça séria, notável. Se estivesse viva hoje, tenho certeza de que seria contratada por uma grande corporação e teria uma carreira importante. Mas, naquela época, a sociedade não aceitava mulheres como ela: alguém que tivesse vindo do nada, sem ligações, não conseguiria nem arrumar emprego para realizar um trabalho administrativo, muito menos com perspectiva de promoção. Teriam jogado seu currículo na lixeira, sem sequer olhar, antes mesmo de ela fazer a prova escrita ou passar por uma entrevista.

Mas, sinceramente, ela era mais inteligente do que qualquer mulher que já conheci. Não é de se admirar que ele tenha se apaixonado por ela. Um dos dois deveria ter me contado isso. Se eu soubesse, não teria feito nada para impedi-los. Não tinha interesse por nenhum homem que estivesse apaixonado por outra mulher.

De algum modo, ele deve ter descoberto o que fiz. Separando-os, levando a mulher que ele amava ao suicídio, depois fugindo. *Agora, pensando nisso, não existe uma cidade perto daqui com o mesmo nome daquela de onde Akie disse ter vindo?...*

Enquanto esses pensamentos rodavam vagamente pela minha cabeça, saí da estação e cheguei ao apartamento de Yuka. Pelo seu olhar fixo por detrás dos óculos, talvez ela de fato se lembrasse da aparência do assassino. Eu me imaginava mostrando-lhe uma foto dele, agora, com tanto atraso, e ela dizendo: "Não, não acho que seja ele", e estava prestes a subir a escada quando ouvi uma discussão entre um homem e uma mulher. *Como é péssimo o meu timing*, pensei, e me escondi nas sombras dos arbustos, vendo-os surgir na escada acima de mim.

Era Yuka e um homem. E parecia que Yuka estava prestes a ser empurrada.

Peguei rapidamente meu celular e teclei o número dela, que estava na minha lista de contatos. A música-tema de uma série de detetive que eu conhecia tocou, e o homem caiu da escada. Estava escuro, então não deu para ver claramente como ele caiu. Quando vi o quanto ela estava calma ao chamar uma ambulância, decidi não aparecer. Se ela tivesse ficado arrasada, caído no choro, provavelmente eu teria ido até ela na mesma hora. Mas não consegui fazer isso, vendo-a tão calma.

Quando ela subiu na ambulância, chamei um táxi.

Depois de um tempo no táxi, já um pouco mais calma, veio-me este pensamento: *A última menina, finalmente, fez isso.* Se pelo menos eu não tivesse me escondido, se não tivesse telefonado para ela, e sim a confrontado, dizendo "Pare com isso!"... Senti remorso, mas sabia muito bem que remorso depois do ocorrido não tem sentido.

Talvez eu tivesse, aos poucos, me resignado à minha sina. Ou, talvez, estivesse brotando dentro de mim um pressentimento de que a série de tragédias que aconteceram viria, no fim, em minha direção.

Provavelmente foi por isso que pude escutar com tanta calma, até o fim, a história de Yuka.

Eu não fazia ideia de que Emily havia brincado naquele chalé abandonado, mas me lembro da falta do anel.

Não consegui jogar fora o anel que ele me deu nem o bilhete de suicídio de Akie. Coloquei-o com cuidado em uma caixa e guardei-a no fundo do armário, mas depois da mudança, quando estava jogando algumas coisas fora, aconteceu de Emily ter visto e aberto aquela caixa. "Isso é muito lindo", ela disse, estreitando os olhos. "Por que está aqui dentro?", perguntou, ao que imediatamente respondi: "Porque isso será seu, Emily".

"Então me dê agora", ela disse. "Um dia", respondi, "quando chegar a hora". E não dei o anel para ela. Emily fechou um pouco a cara, embora parecesse gostar da ideia de uma promessa secreta. Ela sempre gostou desse tipo de coisa.

Um dia. Quando chegar a hora. Quando chegasse a hora em que eu tivesse de lhe contar quem era seu verdadeiro pai.

Depois que fugi dele, comecei a sair com meus velhos amigos. Tinha a sensação de que era com eles o meu lugar. Não tive forças para chorar por uma menina que tinha se matado, e, ao mesmo tempo, apoiar um homem que perdera o emprego. Nem pensar que eu dividiria uma vida miserável com ele. E a pessoa a quem meus amigos me apresentaram, então, se tornou meu atual marido.

Seu avô era o fundador da Industrial Adachi, e ele tinha ingressado na empresa cinco anos antes. Achei seus olhos frios e ele, um pouco assustador, e quando lhe perguntei "Você gosta de alguma outra moça?", ele disse "Se gostasse, não estaria aqui". "Então ficarei feliz em sair com você", respondi, fazendo uma reverência. Ele riu, animado. "Eu digo o mesmo", respondeu, estendendo a mão. Apertamos as mãos em concordância, e foi então que começamos a namorar.

Acho que foi no nosso terceiro encontro que saímos de carro. Fiquei subitamente enjoada, pedi para ele estacionar e saí. Senti tontura e desmaiei ali mesmo. Quando acordei, estava num quarto do hospital particular mais próximo, e ele estava sentado ao meu lado. Tentei, rapidamente, me sentar, mas ele me disse para ficar deitada e descansar.

"Não faz bem para o bebê que você carrega", disse.

Quase desmaiei pela segunda vez. Um namorado com quem eu nunca tinha dormido anunciava que eu estava grávida. *Tudo acabado entre nós*, imaginei. *Este é meu castigo por ter fugido.* Deus não me perdoaria por esquecer tudo e tentar ser a única a terminar feliz. Àquela altura, eu estava mais preocupada com a minha vida dali em diante do que com meu relacionamento com Adachi. O que meus pais diriam quando descobrissem? E as outras pessoas que eu conhecia? Eu sabia que não poderia tocar a vida sozinha.

Deduzindo que meu relacionamento com Adachi tivesse terminado, contei-lhe sobre o pai do bebê, mas sem tocar no nome de Akie.

Quando terminei, Adachi disse uma coisa que me impressionou:

"Vamos nos casar. Gostaria que você tivesse a criança como se fosse minha".

Ele não disse isso porque me amava. Não podia ter filhos, provavelmente por causa de um ataque de caxumba quando estava na faculdade. Não tinha feito exame no hospital, disse, então não estava totalmente certo de que fosse esse o motivo, mas o fato é que sua contagem de espermatozoides era zero. Ele tinha usado o teste da sua própria empresa, portanto, não havia erro.

Era ambicioso. Era neto do fundador, mas filho do segundo filho de seu avô, e era o filho do irmão mais velho quem herdaria a empresa. Mas ele sentia ser mais capacitado do que aquele outro filho – seu primo –, e jurou a si mesmo que um dia se tornaria presidente da empresa. Um dia, porém, meio de brincadeira, fez um teste e descobriu que era estéril. As pessoas deixariam alguém que não podia ter descendentes ser o herdeiro? Desde então, ele parecia ter desistido da ideia de comandar a empresa. Mesmo depois de seus amigos o apresentarem a mim, ele dizia não ter intenção de se casar comigo.

E então soube pelo médico que eu estava grávida.

Fizemos um trato. Ele me proporcionaria uma vida estável e eu o ajudaria a ganhar a confiança dos que o rodeavam.

Rapidamente, ele me cadastrou no registro familiar como sua esposa. Quando o bebê nasceu, um pouco prematuro, mas com o peso normal de um bebê que completou a gestação, contamos às pessoas que tínhamos dormido juntos desde o começo. E demos à menina o nome de Emily. O avô do meu marido, fundador da empresa, deu esse nome a ela. Aparentemente, era o nome de uma garota por quem ele se apaixonou quando estudava no exterior.

Mas eu sempre senti que Emily era só minha.

Não estou dizendo que não éramos amadas; Adachi cuidava bem de mim e amava Emily como sua própria filha.

Eu não tinha a menor ideia de que aquele dia chegaria. Então, aquele anel ainda deveria estar na caixa, com o bilhete de Akie, no fundo do armário, no apartamento do prédio da empresa, onde eu o colocara.

Um dia, houve uma festa da empresa e pensei em usar um colar de pérolas. Tirei minha caixa de joias do fundo do armário e notei que a tampa da outra caixa estava de lado.

Peguei-a e vi que o anel, juntamente com o estojo, tinha sumido, bem como o bilhete de Akie. No dia seguinte, o anel estava de volta, mas o bilhete não.

"Se papai descobrisse que você amou outro homem, ficaria triste", Emily disse, "então, pensci que seria melhor esconder aquilo em algum lugar, fora de casa. Consegui recuperar o anel, mas o bilhete foi jogado fora. Sinto muito. Sinto muito".

Enquanto ela ficou ali, chorando e repetindo isso, senti uma onda de amor por ela. Por engano, ela tinha pensado que eu escrevera aquele bilhete, embora minha letra nunca tivesse sido tão bonita quanto aquela.

Emily tinha escondido o anel e o bilhete no chalé abandonado. E como ele estava procurando um local adequado para sua escola alternativa, descobriu-o ali. Talvez estivesse procurando um lugar ali, pensando que, enquanto reconstruía sua vida, estaria em uma cidade que tivesse alguma ligação com Akie. Tenho certeza de que ficou chocado com o que descobriu. Foi só abrir uma lata de biscoitos, que havia achado por acaso, para encontrar um anel do qual se lembrava muito bem. E um bilhete suicida dirigido a ele.

Acho que ele percebeu na mesma hora que Akie havia escrito aquilo.

Depois disso, provavelmente começou a investigar as coisas. Tinha perdido a mulher que amava e o trabalho no qual investira toda a sua paixão. Eu também deveria ser culpada por isso? Onde estava a mulher que roubara tudo o que era precioso para ele e fugira, e o que estaria fazendo agora? O que era precioso para ela?

Emily foi assassinada por minha causa.

Vocês quatro foram envolvidas por acaso, e o que eu disse a vocês foi imperdoável. Vocês levaram aquilo a sério e me levaram ao assassino.

Agora é a minha vez de me penitenciar por vocês.

Depois que deixei Yuka, fui procurá-lo.

Até chegar à escola alternativa, que tinha sido amplamente noticiada nas revistas semanais, meus pensamentos eram sobre *penitência*, sobre o que eu deveria fazer pelo bem de vocês quatro.

Deveria contratar um advogado de primeira e fazer com que as quatro fossem declaradas inocentes? Deveria ajudar a arcar com seus custos de vida? Ou lhes dar uma indenização?

Mas pensei que fazer qualquer uma dessas coisas só resultaria no desprezo de vocês.

O que eu tinha que fazer não era nada disso. Eu precisava confessar meus pecados e dizer a verdade ao assassino, Hiroaki Nanjo.

Você é o pai de Emily.

E fiz isso. Disse claramente a ele.

Acho que todas vocês sabem, pela TV e pelos jornais, o que aconteceu com ele depois. E acho que vocês podem entender como me senti quanto a isso, mesmo que não escreva a respeito aqui.

Eu me pergunto se vocês poderão me perdoar de coração.

E se agora vocês estão livres da maldição que as manteve enfeitiçadas por tantos anos.

Asako Adachi

Capítulo final

Céu de verão, enquanto o entardecer se aproxima.
Elas passam o portão dos fundos, trancado, e pulam o alambrado. Duas pessoas.

Uma delas carrega uma bola de vôlei velha, bem gasta; a outra, um pequeno buquê de flores.

Dirigem-se ao playground da escola.

"Eles falam em reforçar medidas de segurança, mas ainda é muito fácil entrar... Aliás, é difícil para você estar aqui? Você não se sente traumatizada ou coisa assim?"

"Estou bem. E você? Consegue ver as coisas direito hoje?"

"Sem problema. Mas não tenho certeza de que possa fazer cem vezes em sequência logo na primeira vez."

"Vamos tentar o tempo que for preciso. Como naquele dia..."

As duas colocam as bolsas a seus pés e ficam de frente uma para a outra.

Uma bola branca vai para lá e para cá, entre elas.

Um, dois, três... cinquenta e um, cinquenta e dois, cinquenta e três... noventa e um, noventa e dois...

"Noventa e três... Ah! Desculpe!"

A bola perdida rola para longe.

★ ★ ★ ★ ★

Uma bola rolando para longe. Cinco crianças atrás dela.

Um homem vestindo uniforme de trabalho, Hiroaki Nanjo, pega a bola.

"Vim checar os ventiladores dos vestiários da piscina, mas me esqueci completamente de trazer uma escada. Só precisamos apertar alguns parafusos, então uma de vocês poderia subir de cavalinho nos meus ombros, e ajudar?"

A menina mais baixa pega a bola das mãos dele.

"Para andar de cavalinho, deveria ser eu, já que sou a menor."

A mais alta dá um passo à frente.

"Se você não conseguir alcançar o ventilador, vai ser um problema, então não deveria ser eu, já que sou a mais alta?"

Uma menina no fundo, usando óculos, interrompe.

"Mas alguma de vocês sabe apertar parafuso? Sou boa nisso."

"E o que você vai fazer se o parafuso estiver muito apertado? Sou forte, então acho que deveria ser eu", a menina maior diz, orgulhosa.

Nanjo olha para as cinco meninas, uma a uma.

"Não pode ser alguém pequeno demais, nem grande demais... Eu não gostaria que seus óculos caíssem, e você parece um pouco pesada, talvez..."

Ele vai até a criança que parece mais inteligente, Emily.

"Você é perfeita."

Emily, ansiosa, olha para trás, para as outras quatro.

A mais alta bate palmas e fala em voz alta: "Então, vamos todas ajudar!".

As outras três crianças concordam.

Nanjo fica desorientado, mas continua sorrindo.

"Obrigado, mas o vestiário é muito apertado, e se todas forem vai ser difícil trabalhar. Eu não gostaria que ninguém se machucasse. Então, por que vocês não ficam aqui? Vamos acabar logo. E, depois, compro sorvete para todas."

As quatro crianças ficam encantadas.

Nanjo pega Emily pela mão e sai.
Sem saber que são parentes, pai e filha...

As duas pegam a bola e recomeçam a passá-la de lá para cá.
"...Cem!"
Elas respiram fundo algumas vezes.
Pegam suas bolsas, vão até o ginásio e sentam-se, lado a lado, nos degraus da entrada.
"Então, o que aquele assassinato significou para nós, afinal?"
"E os quinze anos depois..."
"Enquanto eu lia aquela carta comprida dela, mais uma autobiografia, na verdade, já que era tão comprida, aquilo me fez pensar em qual tem sido o sentido da minha vida."
"Talvez eu fosse uma vítima, e, por me sentir assim, as palavras pesaram tanto em mim. Mesmo assim, nós só fomos envolvidas naquilo tudo."
"Normalmente, se você tivesse feito coisas tão terríveis no passado, você não se perguntaria, logo depois do assassinato, se a culpa não era *sua*?"
"É, mas não se questionar foi a maneira dela de lidar com a vida. Se uma pessoa se pergunta isso, talvez signifique que ela, de fato, não tenha tido nada parecido no passado."
"Pode ser... Mas não posso mesmo culpá-la. Foi ela quem mais sofreu. E também é graças a ela que posso levar uma vida normal, agora."
"Eles te condenaram por infligir danos físicos, mas você conseguiu condicional, certo?"
"Certo. A causa da morte foi hemorragia, ele tinha se esfaqueado. Nunca encostei na faca, e chutá-lo no rosto não foi a causa direta da morte, então o crime foi infligir danos físicos. Ela reuniu assinaturas por mim, alguns pais escreveram petições pedindo leniência, e o advogado disse que eu deveria resistir até conseguirmos um veredicto de inocente. Mas, quando eles ofereceram condicional, pensei *Tudo bem, já chega*. Também larguei meu trabalho de professora."

"O que você vai fazer agora?"

"Ainda não decidi. Gostaria de tirar um tempo para refletir sobre as coisas, inclusive sobre como seria a minha vida se aquele assassinato não tivesse acontecido. Estou preocupada com as outras duas também."

"Para elas, vai levar mais tempo."

"Autodefesa e insanidade. É difícil provar isso. Mas elas se entregaram, e não tinham intenção de matar. E têm advogados famosos defendendo elas, então acho que vai dar certo. Pelo menos, estou esperançosa. Mas sabe-se lá."

"Elas farão o que os advogados disserem, então acho que vai acabar bem. Mas sabe, fiquei um pouco surpresa que ela tenha te arrumado um advogado."

"Você achou que eu fosse recusar?"

"Se fosse eu, recusaria."

"É que... Eu simplesmente decidi ir em frente e aceitar suas boas intenções. Percebi o quanto eu era impotente e desisti de me agarrar a um orgulho estúpido. E, no seu caso, não pude acreditar que tudo foi reduzido a um acidente. Parecia que você ia reconhecer que o empurrou lá para baixo, mesmo que não precisasse. Só como retaliação a ela."

"É porque agora não sou só eu. Sou uma mãe solteira, e seria difícil para o meu filho ter uma criminosa como mãe."

"Entendo. Você amadureceu mesmo, não é?"

"Na verdade, acho que entendo o que ela sentiu na época em que Emily foi morta. Se eu estivesse na pele dela, poderia ter dito o mesmo tipo de coisa para as crianças com quem ela estava brincando."

"As mães são assustadoras. Ou seriam *valentes*? Você está morando com seus pais, certo? Daqui a quantos anos seu filho virá para essa escola?"

"Você não soube? Eles vão fechar a escola no próximo mês de março. Declínio das taxas de natalidade. As crianças dessa cidade irão de ônibus escolar para a cidade vizinha. Os prédios da escola também estão muito velhos, e eles vão demolir tudo."

"Foi por isso que você me procurou?"

"Me desculpe. Você tinha dito que nós quatro deveríamos nos reunir."

"Não, tudo bem. Estou contente. Eu deveria vir aqui antes que acabe... Vamos pôr um fim nisso, nós duas."

"Certo. Tudo acabado... Em pouco tempo, imagino que essa cidade será incorporada a outra, e a própria cidade não existirá mais."

"É ruim demais. Quero dizer, já que ela tem o ar mais puro do Japão."

"O ar puro continuará aqui."

As duas trocam um sorriso.

"Greensleeves" começa a tocar baixinho.

"Vamos embora?"

Elas se levantam e olham para o pequeno buquê.

"É como aquele bolo naquela vez."

"Tem razão. Pedi à florista para fazer um buquê que uma menina de 10 anos gostaria."

Achem o assassino antes da prescrição. Se não conseguirem fazer isso, então se redimam do que fizeram de um jeito que eu aceite.

As duas vão em direção à piscina.

"Vamos rezar por Emily. Por que não percebemos isso naquela época? A coisa que mais deveríamos ter feito?"

"Talvez precisássemos desses quinze anos para, finalmente, entender."

As sombras das duas se estendem ao longo do playground.

E o crepúsculo envolve a cidadezinha.

Este livro foi composto com tipografia Bembo Std e impresso
em papel Off-white 90 g/m² na Paulinelli.